結　願

小杉健治

JN018891

集英社文庫

目次

結願

第一章　事件の連鎖

1

四月十五日。青空が広がり、ぽつんと白い雲が浮かんでいた。生暖かい晩春の風が吹いていた。

菅笠《すげがさ》をかぶり、衣服の上に白衣を身につけた十人ほどの男女が本堂の前で経を唱えはじめた。

「かんじーざいぼーさーつぎょうじんはんにゃはーらみーた……」

耳に心地よく響いてくる。仏道に疎い鶴見京介《つるみきようすけ》にも般若心経《はんにやしんぎよう》だとわかった。

京介はその脇を通って暗い堂内に入る。たくさんの釣灯籠《つりどうろう》の灯が荘厳さを醸しだしている。

ここは徳島県鳴門《なると》市にある一番札所《ふだしよ》の霊山寺《りようぜんじ》で、四国八十八カ所巡《めぐ》りの遍路《へんろ》はこの寺で住職から授戒を受け、十善戒《じゆうぜんかい》を誓ってから出発するという。

「御真言《ごしんごん》は覚えているか」

津野達夫《つのたつお》が横から言った。

この寺の本尊は釈迦如来《しゃかにょらい》で、釈迦如来の真言を唱えれば、仏の加護によって悟りが開け煩悩が消えると、仁王門を入るときに津野から教わったのだ。

「ええ、だいじょうぶです」

京介は答え、釈迦如来に向かって立った。

一礼してから合掌し、

「のうまく、さんまんだ、ぼだなんばく」

と、京介は唱えた。

隣で合掌している津野はもともと香川県高松市の出身で、司法研修所を出たあと、東京の大手法律事務所で三年間過ごした後に、高松に帰り、弁護士活動をしている。学生時代に八十八カ所の霊場を歩いてまわったという。

京介が最後に一礼すると、津野はすでにお参りを済ませていた。

本堂を離れる。

まだ白衣のひとたちは経を唱えていた。

京介と津野は大師堂《だいしどう》に向かった。

弘法大師《こうぼうだいし》が各土地で修行した跡に次々と寺が建てられた。八十八の寺には必ず大師堂がある。

弘法大師は平安時代初期の僧で、七七四年に讃岐《さぬき》でうまれ、二十一歳で空海《くうかい》を名乗り、四十二歳で四国八十八カ所霊場を、翌年には紀州高野山に真言宗を開き、金剛峯寺《こんごうぶじ》を建てた。書の達人としても有名だ。弘法大師は諡《おくりな》である。

お参りを済ませ、大師堂を離れると、さっきの十人ほどの一行が納経所のほうに歩いていくのが見えた。

「納経を受けるのだ」

納経帳に八十八カ所霊場の納経を受けて結願《けちがん》したあと、高野山で満願後に表装して家宝として孫子の代に残すことが出来ると、津野が説明する。

「さあ、次に行こう」

津野が言い、仁王門《におうもん》に向かった。

門を出たお遍路が振り向いて合掌し礼をした。お大師さまのお見送りに対して御礼をするのだ。

駐車してあった車に乗り込む。

「二番霊場まで五分だ」

津野は車を発進させた。

京介は今朝早く羽田空港を出発した。高松空港まで津野が車で迎えに来てくれた。

司法研修所の同期だが、年齢は京介の三つ上だ。

京介は細身で、ちんまりとした青白い顔は頼りない印象を与えているが、幾つもの事件の経験を踏んで弁護士として自信が持てるようになり、それなりの風格が出てきたと評価されるようになった。

津野にも同じことを言われ、京介は面映《おもはゆ》い気持ちだった。

津野はきょうの三時からの「こんぴら歌舞伎」のチケットをとってくれた。現存する芝居小屋では日本最古の金丸座《かなまるざ》で歌舞伎を観劇出来るのだ。芝居好きの京介は胸をときめかせていた。

金丸座は金刀比羅宮《ことひらぐう》の参道の上り口の近くにある。三時の開場時間まで間《ま》があるので、津野がせっかくだからと札所を案内してくれることになったのだ。

ほどなく朱色の仁王門が見えてきた、駐車場に車を停《と》めて下りる。

二番札所は極楽寺《ごくらくじ》だ。朱色の門の前で合掌一礼し、門をくぐり、手水場《ちょうずば》で口をすすぎ、手を洗い身を清めて本堂に向かう。

本尊は阿弥陀如来《あみだにょらい》で、ここにも白衣の遍路が数人いた。

お参りのあと、境内にある大師お手植えの樹齢千年以上の霊木である長命杉に手を合わせる。大樹に巻いた注連縄《しめなわ》に結ばれた紅白の紐《ひも》に触れると霊気を感じた。

「行くか」

津野の声でふたりは仁王門に戻った。

仁王門の前で、合掌一礼している男の遍路がいた。ひとりだ。京介が惹《ひ》かれたのは正式の巡礼装束だからだ。

菅笠をかぶり、白衣に手甲脚絆《てっこうきゃはん》、輪袈裟《わげさ》をかけ、左手に念珠《ねんじゅ》、右手に金剛杖《こんごうづえ》を持っている。すれ違うとき、京介は改めて遍路の顔を見た。おやっと思った。皺《しわ》が刻まれた顔は浅黒く、頰はこけていた。

振り返って、背中を見送る。白衣の背中に「南無大師遍照金剛」の文字が記されていた。

「どうしたんだ？」

津野が声をかけた。

「あるひとに似ていたんです」

「誰にだ？」

「浦松《うらまつ》弁護士です」

「浦松弁護士？」

浦松卓治《たくじ》は「無罪の神様」と呼ばれた弁護士だ。これまでにもいくつもの大きな冤罪《えんざい》事件を解決してきた。

浦松の凄《すご》いところは一審で無罪を勝ち取っただけではない。無罪判決を不服として検察側が控訴するケースは多いが、浦松が勝ち取った無罪判決に対して、今まで一度も検察側は控訴していないのだ。それほど、完全な無罪を勝ち取っているということだ。

その浦松が半年前に突然、弁護士を廃業した。

「ええ。でも、ひと違いでしょう。浦松先生はまだ六十半ばを過ぎたばかりのはずです。今のお遍路さんはもっと上に見えました」

「うむ」

津野はずっと遍路の背中を見送っている。

「浦松先生は確か、去年奥さまを亡くされたそうではないか」

「はい。葬儀に参列しましたが、かなり悄然《しょうぜん》とされていました。それから半年後に弁護士を廃業したのです。奥さまを失い、仕事を続ける気力がなくなってしまったのかもしれません。その後、消息はわからないままでした」

京介は痛ましげに言う。

「お子さんは?」

「いませんでした」

「そうか。だったら、夫婦の結びつきは深かったろう」

津野は表情を曇らせる。

「どうしました?」

「いや」

津野は顔を戻し、歩きだした。

青空が広がり、さわやかな風を受け、京介も後を追った。

「俺も一度、浦松先生にお会いしたことがある」

駐車している車のところまでやって来て、津野が口を開いた。浦松のことをまだ気にしていたのかと、京介は意外に思った。

津野はドアを開け、運転席に乗り込む。

京介は助手席に座ってシートベルトをつけながら、

「津野さんが浦松先生と面識があるとは思いませんでした」

と、口にした。

「四、五年前、俺の依頼人のことで、浦松弁護士がわざわざここまでやって来られたことがあった」

「そうでしたか」

「些細《ささい》なことだったが、それでもこっちまで会いに来られたんだ」

「ええ。どんなことも諦めず徹底的に調べあげましたからね。だからこそ、圧倒的に不利といわれた裁判を引っくり返し、被告人を無罪に持っていくことも出来たのです」

「それも、自腹で来ていた。その費用だってばかにならないはずだ」

「ええ、持ち出してですよ、それで奥さまに苦労をさせたと自嘲しておられました」

京介が、貯金をはたいてまで依頼人の弁護のために奔走するのは、浦松弁護士の影響を受けてのことだ。

「あのとき、お遍路さんに興味を示しておられたんだ」

津野は思い出したように言う。

「興味を？」

「うん、いろいろ質問された。どういう人間がお遍路に出るのかとね」

「なんと答えたのですか」

「いろいろだからな。それこそ仏道の修行のためだったり、祈願だったり、悲しみを癒したり、自分が生まれ変わるためだったり……」

「では、奥さまを失った悲しみを癒すために」

京介はやはりさっきの遍路は浦松卓治だろうかと思った。

「気になるな」

「ええ」

「確かめよう」

津野は車をまわし、仁王門が見えるところに停《と》めた。

「浦松先生は奥さまの体が丈夫でないので祈願のためにまわってみたいとおっしゃって

いた」

津野が目を細める。

しばらくして白装束の男が仁王門を出てきた。

そこで振り返り、合掌して一礼した。ひとりでも「同行二人《どうぎようににん》」、常に弘法大師といっしょに霊場を巡っていると考えるのだ。

男が振り返った。車の前を横切っていく。

京介はまじまじと遍路の顔を見つめる。もともと厳しい顔立ちだったが、さらに険しくなっている。しかし、浦松卓治だろう。

「間違いない。浦松先生だ」

津野が言い切った。

「どうする？」

「ここでお会いしたのも、お大師さまのお導きかもしれません」

浦松は次の札所を目指して国道を歩いていく。

「よし、三番札所に先回りをしよう」

津野は車を発進させた。たちまち浦松を追い越す。京介は体をひねって遠ざかる浦松の姿を見ていた。

二番札所から三番札所の金泉寺《こんせんじ》まで車で十分足らずだが、歩けば三十分近くかかる。

駐車場に車を停め、朱色の仁王門の横に立った。白衣の遍路が門を入っていく。浦松が来るまでまだ間があった。

「声をかけて御迷惑ではないでしょうか」

京介は気にした。

半年前に事務所を閉めたあと、公の場所には顔を出さず、誰とも没交渉だった。法曹界から足を洗った浦松が弁護士に声をかけられることをどう思うだろうか。ましてや、遍路の旅の初日だろう。

「遍路に話しかけてはいけないという規則はない。たまたま出会ったのだ。懐かしさから声をかけるのは不自然ではない」

津野はさらに、

「授戒を受けるとき、大師さまに十善戒の誓いを立てる。その中に、怒らないことも入っている」

と言い、笑った。

十善戒とは、殺さない、盗まない、邪淫しない、嘘《うそ》をつかない、お世辞を言わない、悪口を言わない、二枚舌を使わない、欲張らない、怒らない、誤った考えは起こさないという十の戒めだ。

杖をついた浦松の姿が目に入った。

「いらっしゃった」

津野が声を上げた。

「お参りが済んでからにしよう」

「はい」

京介は浦松の動きを目で追う。

浦松は朱色の仁王門の前に立って合掌し、一礼してから門をくぐった。それから手水場で口をすすぎ、手を洗って身を清めた。

真正面にある本堂へ向かう浦松を、京介と津野はじっと見送る。

左手にあるテントの前で、衣服の上に白衣をつけた男女のグループが経を唱えていた。

浦松は本堂でローソク、線香を上げ、それからお参りをして引き上げ、次に大師堂のほうにまわった。

さらに、観音堂や閻魔堂《えんまどう》にお参りをし、最後に納経所に向かった。十分に時間をかけている。

ようやく浦松は門のほうに戻ってきた。

痩せたせいか、皺が目立つが、眼光の鋭さは浦松弁護士そのものだった。

京介と津野は仁王門の陰から出た。

「浦松先生」

京介が声をかけた。

浦松が足を止めた。

京介は近寄った。

「柏田《かしわだ》弁護士のところの鶴見京介です」

浦松は戸惑ったように京介の顔を見ている。

「私は高松弁護士会の津野です」

浦松はふたりの顔を交互に見て、

「君たちか」

と、やっと声を出した。

「すみません。驚かせて。たまたまお見かけしたもので」

京介は言い訳がましく言う。

不機嫌になられると思っていたが、

「奇遇だ」

と浦松の厳しい顔が少し和んだので、ほっとした。

「まさか、先生がお遍路さんに……」

京介が素直に言うと、

「向こうでちょっと話をしよう」

と、浦松のほうから誘った。

閻魔堂の近くの黄金井《こがねい》の井戸へ向かった。

「先生が突然、弁護士をお辞めになったとお聞きして驚いていたのです。まさか、こういう場所でお会い出来るなんて」

「じつは家内が亡くなったあと、気力をなくしてね。朝起きると、いつも虚《むな》しさに襲われた。何をする気にもならなくてね。情けない話だが、法廷に立ったときでも、以前のように奮い立たないのだ。これではだめだと思った。思い切って弁護士を辞め、家内が来たがっていた遍路に出たのだ。弘法大師とのふたり旅ということだが、家内もいっしょの三人旅だ」

浦松は儚《はかな》げな笑みを浮かべた。

「もう弁護士にお戻りになるつもりはないのですか」

「ない」

浦松はきっぱりと言う。

津野がきいた。

「これからどうなさるのですか」

「わからない。それを見つけ出すためにもここに来たのだ。そうだ、君たち」

浦松は表情を改め、

「私と会ったことは内証《ないしょ》にしてくれないか。柏田くんにもだ。もう、弁護士時代のことを忘れ、新たな道を歩みたいと思っているんでね」

声の調子とは裏腹に、表情が翳《かげ》ったような気がした。だが、それは一瞬だった。

「先生は八十八カ所をすべて歩いてまわるおつもりですか」

津野が心配そうにきいた。

「もちろんだ。すべて歩き通すつもりだ」

浦松の顔に一瞬生気が漲《みなぎ》ったような気がした。

「歩きだと四十日から六十日かかりますが」

「私には時間が十分にある。だから、ゆっくりまわるつもりだ。その分宿代が嵩《かさ》むが、家内とともに海外旅行をしようと貯《た》めた金が残ってたのでね」

浦松は穏やかだが、どこか寂しそうだった。やはり伴侶を失った悲しみは深いようだ。

「順番にまわるのですね」

津野が確かめる。

「そう、順打ちだ」

一番札所から順番にまわるのを順打ち、八十八番札所から逆にまわるのを逆打ちと言うそうだ。

「そうですか。でも、お元気そうで安心しました」

ほっとしたような京介に、

「では、私はそろそろ次に向かう」

浦松は急に口にした。

「はい」

いっしょに仁王門を出た。

「私のことは誰にも内証だ」

もう一度、浦松は言った。

「はい」

京介と津野は同時に答えた。

「君たちに会えてよかった」

浦松は微笑《ほほえ》み、別れを告げて歩きだした。

四番札所に向かう浦松を見送って、駐車場に行き、車に乗り込む。

「四番札所まで六キロ弱だ。歩きだと一時間ちょっとかかる」

そう言い、津野は車を発進させた。

「やはり、奥さまの死が浦松さんの心境に大きな変化をもたらしたようだな」

津野はしんみり言う。

「ええ。まだまだ、活躍出来るのに」

京介は残念に思った。

「八十八カ所をまわったあと、悟りを開くかもしれない。そうなったら、もう一度、苦しんでいるひとのために立ち上がろうという気になられるかもしれない」

津野は気持ちを切り替えるように、

「よし。では、金丸座に向かおう」

これから念願のこんぴら歌舞伎だ。期待に胸を膨らませたが、京介はなぜか浦松のことが頭から離れなかった。

2

四国から帰って一週間経《た》った。

京介は朝十時前に、虎ノ門の柏田四郎《しろう》法律事務所に着いた。

執務室に入り、鞄《かばん》を置いて窓辺に寄る。青空が広がり、白い雲が浮かんでいる。ふと、札所に行ったときの空を思い出した。

と同時に、浦松の顔が過《よぎ》った。

浦松は長年連れ添った妻を亡くし、生きる気力を失ってしまったようだ。何事にも惑わされず、己の信じた道を歩む。そんな強靭《きょうじん》な精神の持ち主だと思っていただけに、浦松が弁護士を辞めたことは衝撃だった。

　毎晩、いつも温かく出迎えてくれた妻のいない家に帰っていく虚しさは想像に難くない。だからといって、弁護士を続けることが出来なくなるほど、心が弱ってしまうのだろうか。

　京介はこの事務所で同僚だった牧原蘭子《まきはらんこ》のことを思い出した。蘭子は柏田の友人の娘だった。

　蘭子は美人の上に才媛だった。弁護士としての能力も高かった。

　一度、仕事で金沢にいっしょに行ってからいっきにふたりの距離が縮まった。それから食事に行ったり、芝居に行ったりして、京介は蘭子のことをひそかに恋人といえる存在だと信じていた。

　その蘭子が突然、事務所を辞めてニューヨークに発った。京介には隠していたが、実のところ蘭子には婚約者がいて、新しい生活をはじめたのかもしれないと思うようになっていた。

　彼女は京介に何も言わずに事務所を辞めたことを気にしていたらしい。所長の柏田を通じて、日本に帰ったら、ぜひ会いたいと言ってきた。

　だが、結局彼女は帰ってこなかった。いや、帰ってきたのかもしれないが、京介に連絡はなかった。

京介はため息をついたが、長年連れ添った女性との死に別れのほうがどれほど辛《つら》いだろうかと、再び浦松に思いを馳《は》せた。

背後で電話が鳴った。京介は窓辺から戻って執務机の上の電話をつかんだ。

「四谷中央警察署からです」

事務員の声から男の声に替わった。今川《いまがわ》巡査部長だと名乗り、

「今朝、殺人事件の被疑者として逮捕した大峰和人《おおみねかずと》が鶴見先生の弁護を希望していますのでお知らせします」

「大峰和人……」

京介には心当たりがなかった。

だが、京介を知っている人間から名前を聞いていて、思いついたのだろうと思い、

「わかりました。さっそくお伺いいたします」

と、答える。

逮捕されたばかりらしい、本格的な取調べがはじまる前に注意を与えておかなければならない。京介は十一時に依頼人が来る予定だが、それまでに帰ってこなければ待っていてもらうように事務員に言って出た。

四谷中央署に着き、受付で用件を伝えると、すぐに刑事課に連絡がとられた。上に行くように言われ、四階の刑事部屋に向かった。

今川巡査部長が待っていて、接見室に案内された。

アクリルボードの向こう側にはまだ誰もいなかった。

「すみません、事件の概要を教えていただけませんか」

部屋を出ていこうとした今川を呼び止めてきいた。

「いいでしょう。被疑者大峰和人三十六歳、建設会社の営業マンです。二日前の四月二十日の午後九時頃、四谷三丁目のマンションの脇、非常階段の下で、住人の河原真二《かわはらしんじ》という三十二歳の男を刃物で刺して殺した疑いです」

「認否はどうなんですか」

「否認しています」

「わかりました」

今川が出ていって十分ほど経って、対面側の部屋に係官に連れられて髪の毛をぼさぼさにした男が現われた。

手錠を外されて、通話孔の手前にある椅子に座る。

係官が出ていってから、

「弁護士の鶴見京介です。弁護の依頼とお聞きしましたが、私のことをどうして知ったのですか」

気になっていることを京介はきいた。

「知り合いから聞きました」

大峰が答える。

「知り合いとは?」

「…………」

「今その経緯を聞いている時間はありません。それで、私に弁護を依頼なさいますか」

京介は確かめる。

「はい。お願いいたします」

「では、この弁護人選任届を受付の警察官に渡しておきますから、あなたの署名と指印を押して係官に渡してください」

「わかりました」

「詳しい話はまた新たな接見の時間にお聞きしますが、あなたは河原真二を殺した疑いで逮捕されたのですね」

「そうです。でも、私はやっていません」

大峰はいくぶん青ざめた顔で訴える。

「わかりました。取調べではやっていないとはっきり話すのです。相手に迎合してやってもいないのにやったと言うと、調書にとられてあとで厄介なことになります。やっていないものはやっていない。わからないことはわからないとはっきり言うのです」

「はい」

「あなたにご家族は？」

「いません。妹がいましたが、半年前に亡くなりました」

「半年前に？　何かあったのですか」

ノックの音とともにドアが開き、

「そろそろ時間です」

と、今川が終了を告げた。

「今、終わりにしますので」

今川が出ていってから、

「妹さんの名は？」

「加奈《かな》です。大峰加奈。弁護費用はだいじょうぶです。貯金がいくらかありますから」

「そんな心配はいいですよ。それより、他にお身内は？」

「両親はとうに亡くなって、妹とふたりだけでした。だから、今はひとりです」

大峰の声は沈んでいる。

「そうですか」

「先生、錦糸町《きんしちょう》のマンションの部屋から着替えを持ってきていただくことは出来ますか」

「いいですよ」

「タンスに下着と半袖のシャツが入っていますので」

「現金や通帳などはだいじょうぶですか」

「現金はあまりありません。通帳は印鑑といっしょに机の抽斗に入っています」

「そうですか。留守中、預かってくれるひとはいますか」

「いえ」

一瞬間を置いて、大峰は答え、

「先生に預かっていただけますか」

と、口にした。

「わかりました」

「その他に、何か大事なものはありますか」

「いえ」

「部屋の鍵は警察に?」

「はい、逮捕されたとき、所持品は全部とられました」

「では、鍵は返してもらいましょう」

「管理人に言えば開けてくれるはずです。机の小抽斗にスペアキーがありますが」

「では、そういたします」

京介は立ち上がった。

「では、また明日参ります」

京介はドアを開け、廊下にいた係官に声をかけた。

今川巡査部長に逮捕の詳細をききたかったが、これから取調べに立ち合うというので諦めた。

京介は必要事項を記入した弁護人選任届の用紙を受付の警察官に渡して、署をあとにした。

事務所に戻ると、離婚訴訟の依頼人が待っていた。一方的に妻から離婚を突き付けられた上に慰謝料まで請求されたというものだった。

しかし、話を聞けば依頼人には愛人がいるようだ。奥さんと別れたくないのかときくと、妻とも愛人とも別れたくないと言う。そんな虫がいい話は通らないと、京介は自分より十以上も年上の男に説教した。

ちょっと前までは京介がこんなことを言っても、結婚もしていない青二才が何を言うかと軽く見られたものだが、目の前の依頼人は神妙に話を聞いている。

奥さんにほんとうの気持ちを確かめるので、あなたもそれによってはきっぱりとどちらかにしたほうがいいと言うと、素直に頷《うなず》いて引き上げていった。

それから、京介は昨日四月二十一日の新聞を探した。

記事は小さく出ていた。二十日の午後九時頃、四谷三丁目のブルークラウン四谷マンションの非常階段の下で、住人が胸から血を流して倒れている河原真二（三十二）を見つけた。河原真二ともめていた男がいたことが住人の証言からわかっており、その男が事情を知っていると思われ、その男の行方を追っているという内容だった。

逮捕が二十二日の早朝だから、その間の捜査の状況はわからない。なぜ、大峰和人が疑われたのか。新聞記事からではわからなかった。

翌二十三日の朝、京介は錦糸町から歩いて十分ほどの場所にあるマンションに行った。管理人に名乗り、大峰和人の部屋を開けてもらった。

中に入って、京介は眉を潜めた。部屋の中が乱雑に掻《か》き回《まわ》されている。

「警察ですよ」

管理人が言う。警察が家宅捜索に入ったのだ。

「管理人さんは立ち会ったのですね」

「ええ。隅から隅まで調べていました」

おそらく凶器と返り血を浴びた衣服を探していたのだろう。

「ありがとうございました。あとはこちらで。合鍵がある場所をきいていますので、閉めてから出ます」

「わかりました」

管理人は引き上げた。

机の抽斗から通帳と印鑑を取りだし、脇の小抽斗から合鍵をとった。

それから、持ってきた風呂敷に下着やシャツ、それにカーディガンを入れて包み、紙袋に仕舞った。

ふと見ると、机の上に写真立てがあった。三十歳ぐらいの女性が大峰和人と写っている。目がくりっとしていて可愛《かわい》い。妹の加奈かもしれない。

それから四谷中央署に出向き、大峰の接見を申し入れた。

取調べ中を理由に待たされた。今川巡査部長に話を聞かせて欲しいと頼み、刑事部屋の隅の衝立《ついたて》で仕切られた応接セットで向かい合った。

「今朝、大峰和人のマンションの部屋に行ってきました。ずいぶん散らかっていました」

京介は切り出した。

「家宅捜索をしましたので」

「何か出てきましたか」

「いえ」

「大峰和人が犯人だとわかった経緯について、教えていただけませんか」

京介は頼んだ。

「ええ」

今川巡査部長は頷き、

「河原真二は大峰和人の妹の加奈と付き合っていたようです。その加奈が半年前に自殺したんです」

「自殺？」

「ええ。河原の住むマンションの七階の非常階段から飛び下りたのです。ですが、大峰は妹の自殺に納得がいかなかったようです。それで、河原真二のことを探り出し、河原真二が妹を殺したのだと思い込んで、問い詰めていました」

「妹はほんとうに自殺だったのですか」

「河原から別れ話を出されて、悩んでいたそうです」

「別れ話？」

「その日も、河原に会いに行って復縁を迫ったのでしょう。しかし、その日、河原は別の女を部屋に連れ込んでいたのです。女と鉢合わせした妹はショックから発作的に非常階段に出て……」

「つまり、大峰は妹の復讐《ふくしゅう》をしたというのですね」

「そうです」

「凶器は見つかったのですか」

「いえ、返り血を浴びたと思われる衣服も見つかっていません」

「では、物的証拠はないのですね」

「ええ。ただ、数日前からマンションのエントランスの防犯カメラに大峰の姿が映っていました。何度か訪れ、大峰は河原を問い詰めていたそうです。大峰が河原に突っかかっていくのを見ていたひとも何人もいます。殺してやると怒鳴っていたのを聞いたひともいました」

今川は一呼吸置いて、

「河原を殺したいほど恨んでいる人間は他には見当たりません」

「犯行当日は防犯カメラには？」

「映っていません。あえて、カメラを避けてマンションに近づいたのだと思われます」

「そうですか」

「そろそろ、取調べも休憩に入る頃です。ちょっと見てきます」

と、今川は立ち上がった。

すぐ戻ってきて、

「よろしいようです」

京介は接見室に案内された。

アクリルボードをはさんで大峰と向かい合い、京介はまず鞄から通帳と印鑑を取りだし、大峰に見せた。

「これでいいのですか」

「はい」

京介は通帳を開き、

「残高も間違いありませんか」

「だいじょうぶです」

「では、お預かりしておきます」

「はい」

「それから、着替えですが」

京介は下着とシャツ、それにカーディガンを見せた。

「ありがとうございます」

「では、警察に預けておきますので」

そう言ってから、

「強引な取調べはされていませんか」

と、京介は切り出した。

「ええ、まあでも、警察は私がやったと決めつけています。凶器はどこに捨てたとか、血のついた衣服はどこに処分したとかきくんです」

大峰はうんざりしたように言う。

「あなたは、ほんとうに河原真二を殺していないのですね」

もう一度、念を押す。

「やっていません。あの日はマンションに行っていません」

「その時間、午後九時頃、あなたはどこにいらっしゃったのですか」

「江戸通りを歩いていました」

「ひとりで？」

「そうです。落ち込んでいるとき、あてもなく歩くのです。あの夜は会社を七時過ぎに出て、新橋駅前の中華料理屋でビールを呑《の》んでラーメンを食べ、八時頃店を出ました。そのあと、昭和通りを歩いて浅草橋に向かいました。九時頃は昭和通りを本町の交差点から折れて江戸通りに入り、浅草橋に向かう途中だったと思います。そこから総武線で錦糸町まで二駅ですから」

「それを証明してくれるひとは？」

「いません」

小さな声で答える。

「そうですか。ところで、妹の加奈さんは河原真二とお付き合いをしていたのですか」

「ええ、そのようです」

「河原真二のことは知っていたのですか」

「いえ、妹の四十九日が過ぎたとき、妹の友達が訪ねてきて、妹が河原とのことで悩んでいたと教えてくれたのです。妹はときたま体に痣《あざ》をこしらえていたそうです」

大峰は身を乗りだし、

「河原が暴力を振るっていたようです。それで、河原を見つけ出し、四谷三丁目のマンションに会いに行きました。あの男はとぼけていましたが、妹を殺したのに間違いはありません」

「どうして、そう思うのですか」

「あいつの冷酷そうな目です」

「目？」

「そうです。妹のことを問い詰めたときのあいつの目は冷たくて、背筋がぞっとするようでした。あの男はひとを殺しています」

大峰は気を昂《たかぶ》らせた。

「妹さんは河原と付き合っていたけれど、河原の暴力、つまりＤＶから逃れようとしていたのですね」

「そうです」

「それなのに、なぜ、河原の住むマンションに行ったのでしょうか。避けたいはずではありませんか」

「何かの用件で誘《おび》き出されたのだと思います」

「いずれにしろ、あなたは河原を恨んでいたことに間違いないのですね」

「はい。でも、殺そうとは思っていません」

大峰は首を横に振る。

「エントランスの防犯カメラに、あなたの姿が映っていたようです。あなたは何度も会いに行っているのですね」

「それは否定しません。何度もマンションに行ったことはほんとうです。でも、事件の夜は行っていません」

係官が接見の残り時間がわずかだと告げにきた。

「大峰さん。あなたは私のことをどうやって知ったのですか」

京介は気になっていることをもう一度きいた。

「知り合いのひとから」

「どなたですか」

「いえ……」

大峰は曖昧ににごしている。

なぜ、大峰はそのことを隠すのだろうか。

接見が終わり、京介はもう一度、今川巡査部長に会った。

「警察は、犯行時の大峰のアリバイ主張をどう判断しているのですか」

「作り話です」

「その根拠は？」

「今はまだ言えません」

「なぜ、ですか」

「今、言い逃れ出来ないように事実確認をしているところです」

「ひょっとして、新橋から浅草橋の途上で何かあったのですね、たとえば交通事故だとか。当然、そこを通ればそのことに気づいていなければならない」

京介は想像を口にした。

「そうです。被疑者からどの道を通ったかははっきり聞いていますので。その途上の出来事を知っていないと不自然です」

何かあったのだ。交通事故だとしても、大峰は気がつかないで素通りしたと言い訳されてもいいように、万全な調べを尽くしてアリバイを崩そうとしているようだ。

京介は質問を変えた。

「大峰和人はマンションの脇で河原を刺したわけですが、そんなところで襲ったら、まっさきに自分が疑われると思うんじゃないですか」

「河原の死体が見つかった辺りで、半年前に妹が死んでいたのです。復讐と考えれば、犯行場所をそこにしたのも納得出来ます」

　そう言ったあとで、

「よろしいでしょうか」

と、今川は腰を上げた。

「最後にひとつ。殺された河原真二はどのような男だったのでしょうか」

「一時は劇団に所属し、役者を目指したこともあるように、それなりのイケメンで、仲間うちでは女に不自由しないとうそぶいていたようですが、目上の人間には礼儀正しい青年というイメージを持たれていました」

「二面性があったのですか」

「そうです。外見は穏やかでやさしそうな感じだったそうです。平気で嘘がつける男でもあったようです。鶴見先生」

　今川は声を潜めた。

「私は大峰に同情的なんです。河原真二のために妹は死に追いやられた。それを認め、謝って欲しいと思う気持ちはわかります。だが、河原はその願いを突っぱねた。大峰が素直に犯行を認めれば情状酌量の余地は十分にあると思います。先生、大峰のためにそのあたりのことを考えてやってください」

素直に自白するように説得してくれと言っているのだ。

「弁護士は依頼人の利益のために働くことが使命ですので」

京介はやんわり断った。

今川は微《かす》かに笑みを浮かべた。

京介は四谷中央署を出てから、現場である四谷三丁目のブルークラウン四谷マンションに向かった。

3

ブルークラウン四谷マンションの現場を見てから、京介は新橋にある大峰和人が勤める東和《とうわ》建設の本社を訪れた。

十四階建てのビルのエントランスは広々としていた。正面にある受付で身分を告げ、不動産営業部の酒田光輝《さかたみつてる》へ面会を申し入れた。

受付の女性はすぐに内線電話で連絡をとった。電話を切ってから、

「5番でお待ちいただけますか」

と、澄んだ声で言う。

壁際に、ガラスの壁で仕切られた簡単な応接室が並んでいた。

京介は5番の部屋に入った。小さなテーブルの両側に椅子がふたつずつ置かれている。

十分ほど経って、背の高い男が現われた。

「酒田ですが」

「大峰和人さんの弁護人の……」

京介は名刺を出して挨拶をする。

「大峰さんとは同期だそうですね」

「ええ、そうです。大峰はどんなようすなんですか」

酒田はすぐにきいた。

「本人は否認しています」

「でも、警察は犯人だと決めつけているようですが」

「私は大峰さんの言うことを信じたいと思います」

そう答えてから、

「あなたは大峰さんから河原真二の話を聞いたことはありますか」

と、京介はきいた。

「あります」

「なんと言っていたのですか」

「刑事さんにも話しましたが、大峰は河原を恨んでいました。会社の帰り、呑み屋で

『あいつがのうのうと生きているのが耐えられない』と」

「わけは？」

「妹さんが河原に殺されたからだと」

「殺されたというのはどういう意味ですか。殺されたも同然だということか、文字どおり、河原が手を下したと思っているのか」

「河原が手を下したと思っているようです」

「事件の夜、大峰さんは会社を七時過ぎに出て、新橋駅前の中華料理屋でビールを吞んでラーメンを食べた。八時頃店を出て、浅草橋まで歩いていったと話しています。大峰さんのこの行動をどう思われますか」

「刑事さんにもきかれましたが、私にはわかりません。以前はそういうことはありませんでしたが、妹さんが亡くなってからひとりで行動することが多くなりました。あまり同僚とも付き合わなくなっていましたから」

「妹さんが亡くなってから、大峰さんの行動には変化があったのですね」

「はい。それまでは明るく、冗談好きでしたが……」

「あなたは、今回の件をどう思っていますか」

「大峰がひとを殺すなんて信じられません」

そう言ったあとで、酒田は顔をしかめ、

「ただ、妹さんが死んで、ひとが変わったのかとも」

「そうですか。わかりました」

京介は応じてから、

「大峰さんと親しい方をほかにどなたかご存じですか」

「いいえ、社内では私が一番親しかったはずです」

「どうもお忙しいところをありがとうございました」

京介は立ち上がった。

「あっ、もうひとつ。じつは大峰さんは弁護人に私を指名してくれたのですが、知り合いから私の名を聞いたそうなんです。その知り合いの名を教えてくれないので、ご存じではないかと思いまして」

「いいえ、心当たりはありません」

外に出ると、陽《ひ》は傾いていた。京介は急いで虎ノ門の事務所に戻った。


その夜、京介が事務所に残って、ある民事事件の答弁書を書いていると、携帯が鳴った。パソコンを使う手を止めて携帯をとる。

津野からだった、

「その節はお世話になりました」

京介は四国に行ったときの礼を言う。あれから八日経った。

「今、どこだ？　彼女と食事の最中なら切るよ」

「事務所です」

「相変わらず、忙しそうだな。たいした用件ではないんだ。昨日の昼間、仕事で徳島県の勝浦町《かつうらちょう》に行ったんだ。そしたら、国道を歩いている浦松さんを見かけた。声はかけなかったが……」

「そうですか。すると今は何番札所になるのでしょうか」

菅笠に白装束姿の浦松を思い出しながらきく。

「十九番札所の立江寺《たつえじ》から二十番札所の鶴林寺《かくりんじ》に向かうところだ。この間は約十五キロあるから四時間以上歩くことになる」

「まだ四分の一にも行ってませんね。四月十五日に一番札所を出発したとして、八日で十九番札所ですか。どうなんですか、ペースは？」

「札所では十分に時間をとっているようだ。先は長いから、大事をとりながら歩いているのだろう」

「お元気そうでしたか」

「しっかりした歩き方だった」

「でも、一カ月を越える旅では途中で風邪を引いたりアクシデントに見舞われる心配もありますね」

「いや、風邪どころか、長時間の歩きで足に血まめが出来て、歩けなくなることもある。まあ、その場合は遍路宿《へんろやど》でゆっくり養生すればいいんだ。なにしろ、浦松さんは急ぐ必要はないのだからな」

その後、たわいのない話をして電話を切った。

今時分、浦松はどこかの遍路宿で休んでいるのだろう。遍路は弘法大師と常にいっしょなのだ。それに、浦松の場合は亡き妻ともいっしょに旅をしている。

決して、孤独なひとり旅ではないのだと、京介は思った。

4

翌日の午後、京介は四谷中央署に行った。午後二時に接見を申し入れ、接見出来たのは二時半をまわっていた。

向かい合った大峰の表情は曇っていた。

「何かあったのですか」

昨日、大峰は送検されている。検事の取調べで、鋭い追及を受けたのかと思った。

「検事さんの取調べでじゃありません」

「では、警察の取調べで何か」

「はい」

大峰は俯《うつむ》いた。

「正直に話してください」

「すみません。嘘をついていました」

いきなり、大峰が謝った。

「嘘とは？」

「新橋から浅草橋まで歩いたということです」

昨日の今川巡査部長の言葉を思い出した。

「では、どこにいたのですか」

「まっすぐマンションに帰るのも虚しいので、映画でもと思いましたが、あまり見たい映画もないので寄席にしようと思い、上野の鈴本《すずもと》演芸場に向かいました。でも、その途中、池之端仲町《いけのはたなかちょう》通《どお》りで店の若い女の子に声をかけられて……」

京介は唖然《あぜん》とした。

「なぜ、最初からそのことを言わなかったのですか」

「いかがわしいところに行ったというのが恥ずかしかったのです。それで、新橋から浅草橋まで歩いたことに」

「今になってなぜ、正直に言おうと思ったのですか。警察から何か言われたのですか」

京介は問い詰めるようにきいた。

「小伝馬町《こでんまちょう》で火事騒ぎがあって消防車や警察のパトカーで一帯は混乱し、江戸通りは一時封鎖されていたと言われました。通ったのならそのことを話すはずだと言われ……」

「大峰さん。ひとつ嘘がばれると、次も疑われます。上野で客引きの女性に声をかけられたという話はほんとうなのですか」

京介は念を押して確かめる。

「ほんとうです」

大峰はむきになって言う。

「わかりました。では、それを証明出来るものが何かありますか」

「いえ」

「警察は信用してくれましたか」

「………」

大峰は首を横に振る。

「声をかけてきたのがどんな女性か覚えていますか」

「髪の長い女性だったような……」

「お店の名は？」

「覚えていません」

「池之端仲町通りのどの辺りですか」

「入口に近かったようですが……」

京介は気づかれないようにため息をつき、

「大峰さん」

と、呼びかけた。

「あなたはまだ、何か隠していることがあるのでは？」

「そんなものありません」

大峰は必死の表情になって、

「先生、私は河原を殺していない。アリバイは証明出来ませんけど、無実なんです」

と、泣きそうな顔で訴えた。

「わかっています。しかし、今あなたは非常に難しい立場にいるのです。まず、河原を殺す動機がある」

「私は殺そうとは思っていなかった」

大峰は首を横に振る。

「警察はそうは見ません。何度もマンションに押しかけ、河原と揉《も》み合っている。そして、殺してやると叫んだのを聞いていたひとがいるんです」

大峰は俯いていたが、ふと顔を上げ、

「もしかしたら」

と、口を開いた。

が、すぐ首を横に振った。

「何を言おうとしたのですか」

「ええ……」

大峰は言いよどんでいる。

「どんなことでもおっしゃってください」

大峰は沈黙ののち、

「妹の加奈に恋人がいたんだと思うんです」

「その形跡はあったのですか」

「はい。だから、河原と縁を切ろうとしたんです。恋人がいるのに自殺などしません。

加奈は河原に殺されたのです」

「なるほど」

京介は頷き、

「その恋人にも動機があるということですね」

「そうだとしても、その恋人を罪人にしたくはないのですが。だって、加奈の仇《かたき》をとってくれたのですから」

大峰は訴える。

「恋人のことは警察には？」

「話していません」

「恋人だとすると、妹さんの通夜か葬儀に参列しているかもしれませんね。加奈さんの友人でどなたか名前はわかりますか。一番親しい友人です」

一瞬の間があって、

「秋山《あきやま》かおりさんです」

と、大峰は答えた。

「連絡先はわかりますか」

「確か、妹と同じ旅行会社に勤めていたと思いました。場所はどこだか、わかりません」

「妹さんの携帯はお持ちですか」

「妹の荷物は段ボール箱に入れて仕舞ってあります」

「段ボール箱、ありましたね」

錦糸町の部屋に行ったときのことを思い出した。

「部屋に行き、勝手に調べてもよろしいでしょうか」

「構いません」

接見が終わったあと、京介は今川巡査部長にきいた。

「小伝馬町で火事騒ぎがあったのはほんとうですか」

「ほんとうです」

「一一九番通報があったのは何時頃でしょうか」

「なぜ、そのようなことを？」

「念のためにです」

「念のため？」

「昨日、大峰のアリバイが嘘だと証明出来るが、その内容を今は言えないとおっしゃっていましたね。そのことが引っ掛かっていたのです」

「あれは言い逃れが出来ないように証拠を固めるためでした。道路は十時近くまで封鎖され、通行人は皆、裏道を通ったということがわかったのです。それで、そのことを告げたのです」

「それで、一一九番通報があったのは何時なんでしょうか」

「通信指令室の記録では二十日午後の八時五十五分です」

「八時五十五分ですか。微妙なところですね」

「…………」

「わかりました。ありがとうございました」

京介は中央署を引き上げた。

外に出ると、眩《まぶ》しい陽光に思わず手をかざした。

今川が火災のことを京介に言わなかったのは、京介が大峰に入れ知恵をすると思ったのであろう。

つまり、小伝馬町を過ぎたのは九時前だったと大峰に言わせるかもしれないと警戒したのではないか。

万一、大峰がそう主張したときにそなえ、大峰が九時前に現場を通り過ぎることはありえないことを明らかにしようとしていたのだろう。

だが、その可能性が否定しきれないまま、取調べで大峰を追及した。大峰は火災が発生していた事実を知らされ動揺し、その前に通ったという弁明を思いつかなかったのかもしれない。いや、あっさり嘘を認めたのは、もうひとつの弁明を用意していたからか。

この弁明も苦しいと、京介は疑っている。しかし、依頼人がそう主張する以上、受け入れるしかない。

ただ、警察は信用しまい。これも作り話だと考えるはずだ。

アリバイが出鱈目《でたらめ》だからといって、大峰が犯人だという証拠に直接結びつくものではないが、印象はかなり悪くなる。

大峰には明かせない秘密があるのだ。その時間、ひとには言えない相手と会っていたのではないか。

京介はそんなことを考えながら、錦糸町に向かった。


一時間後、京介は大峰のマンションの部屋にいた。

窓を開け、風を入れる。前回、少し片づけたので、部屋は少しはすっきりしている。段ボール箱を開けた。女性物の衣類やバッグが詰まっている。紙袋の中に、スマートホンが入っていた。

取りだしたが、電源は入らなかった。紙袋に充電器が入っていたので、すぐ充電する。その他に、手紙の束が輪ゴムでまとめられていた。

宛て先がすべて、「大峰加奈さま」となっている。差出人が秋山かおりである郵便物はなかった。

充電器を差したまま、スマホの電源を入れ、操作をしながら、アドレス帳を開く。

仕事関係、友人・知人、その他とグループ分けされて登録されていた。

友人・知人を見ると、秋山かおりの名は一番先頭に見つかった。その電話番号を、自分の携帯に登録し、さらに他の名を見ていく。

河原の名も出てきた。他の男性の名も登録されていた。その中に、加奈の恋人がいるのかもしれない。

次に、電話の履歴を見てみた。最後にかかってきたのは、やはり河原だった。それ以前に数多くやりとりをしている人物がいた。中山祐司《なかやまゆうじ》という名だ。ラインのやりとりも頻繁にしている。

中山と親しい関係にあったのは間違いないようだ。電話番号を登録する。

続いて残されている写真を見た。レストランでのテーブルに並んだ食べ物の写真が多かった。ときたま、笑顔の男女が写っているものがあった。

スマホを紙袋に入れ、段ボール箱に戻した。

マンションの外に出て青空を見上げたとき、ふいに国道をとぼとぼ歩いていく浦松の遍路姿が脳裏を掠《かす》めた。

5

二十五日の朝九時に、京介は江東区の都営地下鉄新宿線森下駅から歩いて五分ほどのところにあるカフェに入っていった。

白い壁で、テーブルも椅子も白で統一されている。店内を見回すと、サングラスをかけた髪の長い女性が携帯をいじっていた。

テーブルの上に目印の文庫本が置いてあった。文庫本が置いてあるテーブルはひとつだけだ。

京介は近づいた。顔を上げた女性に、

「秋山かおりさんですか」

と、声をかける。

「そうです」

かおりはサングラスを外し、顔を上げた。卵形の小さな顔、形のよい眉に黒い瞳が印象的だった。

「失礼します」

京介は向かいに腰を下ろし、

「改めまして。大峰和人さんの弁護人の鶴見です」

と、名刺を渡し、挨拶をする。

「大峰さん、どうなるのでしょうか」

かおりは名刺から顔を上げて心配そうにきいた。

「まだ、これからです」

京介は答えてから、

「大峰さんとはお会いになったことはあるのですか」

と、きいた。

「はい。加奈といっしょのとき何度か。すみません、これかけていいですか」

かおりはサングラスを手にしてきいた。

「どうぞ」

「すみません」

かおりはサングラスをかけた。

ウエートレスがやって来て、コーヒーを注文する。

「あなたは加奈さんとは親しい間柄だったのですか」

ウエートレスが去ってから、京介はきいた。

「高校の同級生で、卒業してからもずっと付き合っていました」

サングラス越しに、かおりは答える。

「なんでも話し合える仲だったのでしょうか」

「そうですね。なんでも相談したり、されたり」

「河原真二とのことも相談を受けていたのですか」

「ええ。受けていました。ふだんはやさしいのですが、いったんキレると別人になって暴力を振るうと」

「実際に暴力を振るわれていたのですか」

「ええ。彼女、ときたまサングラスをしたり、マスクをかけているのです。目の縁を腫らし、唇が切れていたり」

ウエートレスがコーヒーを運んで来て、話が中断した。

「加奈さんは河原真二と同棲《どうせい》をしていたのですか」

ウエートレスが去って、話を再開する。

「同棲まではしていませんが、河原のマンションには泊まったりしていました」

「そもそも、ふたりはどういうきっかけで知り合ったのですか」

「三年前に、銀座のバーで知り合ったそうです。河原は本当かどうかわかりませんが役者志望で、穏やかで甘い顔立ちの男でした。言葉づかいもソフトでやさしく接してくる河原に、加奈はすぐに惹かれていったんです。はじめて、加奈から紹介されたとき、とてもお似合いなふたりだと思ったのを覚えています」

かおりが続ける。

「でも、半年ぐらいしてだんだん本性を現わしてきたのです」

「本性ですか」

「三人で食事をしたことがあるんです。加奈がトイレに立ったとき、河原はいきなり私の手を握り、誘ってきたのです」

「誘った?」

「ええ。私が結婚していることを知っているのに、口説《くど》いてきたのです。私は冗談だと思っていましたが、翌日には電話がかかってきました。だから、はっきり言いました。これ以上しつこくすると、加奈に言いつけると。そしたら、あの男はあんたが誘って来たと言うからと」

かおりは悔しそうに言う。

「私は思い切って加奈に言いつけました。加奈も驚いていましたが、あの男にうまく言われたのでしょう、そのまま関係が続いていました。その代わり、加奈から私に連絡がなくなり、私が電話をしても出ないようになったのです。河原が私と付き合うなと言ったのか、加奈が河原の言うことを信じて、河原をとられると思って私を避けていたのか」

「それでは、加奈さんとの付き合いがなくなった時期があったのですか」

「はい、まったく関係はなくなりました」

かおりはやりきれないように続ける。

「それが一年ぐらいして、突然、加奈から電話があったのです。切羽詰まった声で、会いたいと」

「………」

「一年振りに再会してびっくりしました。彼女は痩せて、頬はげっそりしていました。サングラスを外すと目の縁が青く腫れていました」

かおりは怒りを含んだ声で、

「加奈は言いました。河原はかおりの言ったとおりの男だったと。それで、私はもう一度河原と別れるように言いました。加奈もやっと河原と別れる決心がついたようでした。それから、数日後に、加奈から電話で別れを告げたと連絡が来ました。その後、新しい彼と出会い、すべて丸く収まったと思っていたのです」

「その彼というのはどなたですか」

「中山祐司さんです。彼女と同じ旅行会社のひとで、以前から加奈に好意を持っていたようで、傷心の彼女を支えてくれたそうです。それなのに、河原は加奈につきまとって……」

「中山さんに会ったことはありますか」

「はい。あります。河原から比べたらちょっと野暮ったい感じですが、とても誠実そうな男性でした」

「中山さんは河原のことを知っていたのですか」

「知ってました。その上で、加奈を受け入れてくれたのです」

「加奈さんの通夜、葬式に中山さんもいらっしゃったのですね」

「ええ」

「そのとき、中山さんはどんな様子でしたか」

「思い詰めた様子で、ずっと黙りこくっていました」

「そうですか」

「先生、もしかして、中山さんが河原を……」

かおりは自分のことばに、はっとしたようだった。

「どうして、そう思われるのですか」

「中山さんも、加奈は河原に殺されたと思っていたのではないかと」

「最近、中山さんにお会いになったことは?」

「ありません」

「警察は加奈さんの死をいろいろ調べたようですから、その過程で、中山さんの存在を知ったのでしょうか」

「知ったかもしれません」

「知っていれば、当然中山さんにも事情をききに行っているでしょうね。このあと、中山さんに会ってみるつもりです」

「連絡先はわかっているのですか」

「加奈さんのスマホの電話帳に登録されていました」

ふと、かおりは真顔になって、

「大峰さんは元気でいらっしゃいますか」

と、きいた。

「元気です」

「よかった。頑張ってくださいと言付けていただけますか」

「わかりました」

「あの、差し入れなど出来るのでしょうか。出来るのであれば差し入れをしたいのですが。加奈のお兄さんですから加奈に代わって私が……」

「大峰さんにきいてみます」

「もし、差し入れする場合、先生から届けていただけますか。殺人事件で捕まったひとに差し入れをしたなどということが主人の会社に知れたら……」

「わかりました。その場合、私が届けましょう」

「ありがとうございます。それでは私は」

かおりは伝票に手を伸ばした。

「いえ、ここは結構です」

「すみません。では、大峰さんのこと、よろしくお願いいたします」

そう言うなり、かおりはそそくさと引き上げて行った。

京介はぬるくなったコーヒーをいっきに飲みほし、伝票をつかんでレジに向かった。

外に出てから、京介は中山の携帯に電話をした。

「もしもし」

警戒ぎみの声が聞こえた。

「中山祐司さんですか」

京介は確かめる。

「そうですが」

「私は大峰和人さんの弁護をしている弁護士の鶴見と申します」

「大峰和人……」

「加奈さんのお兄さまです」

「…………」

「少し、お話をお伺いしたいのですが、お会い出来ないでしょうか。ぜひ、お願いいたします」

「わかりました。会社の近くまで来ていただけますか」

旅行会社なので土曜日も仕事なのだ。

「どちらでしょうか」

「大手町です」

場所を聞いて、これから伺うと言って電話を切った。

地下鉄の都営新宿線と半蔵門線を乗り継ぎ、十五分ほどで大手町に着いた。地上に出て、約束のホテルのロビーに入った。

そこで電話をかけ、入口からすぐ目につく柱の前で待っていると、五分ほどで三十過ぎと思える男がやって来た。

「鶴見弁護士ですか」

「そうです」

「中山です」

「すみません。お仕事の最中に」

「いえ。ここに入りましょうか」

中山は喫茶室に入った。

奥のテーブルで向かい合い、やって来たウエーターに中山はコーヒーを注文したが、京介は今度はレモンティーにした。

中山は中肉中背で、素朴な感じの男だった。河原真二とは正反対のタイプだろう。

飲み物が運ばれてくるまで、京介は中山の会社のことをきいた。中山は海外旅行の担当だという。

コーヒーとレモンティーが運ばれてきて、京介は切り出した。

「あなたは大峰加奈さんと親しくお付き合いをされていたそうですね」

「はい」

「加奈さんが亡くなったときはかなりの衝撃だったでしょうね」

「奈落の底に落ちたとはあのことです。結婚も約束したばかりでした」

「結婚の約束をしていたのですか」

「はい」

「では、加奈さんの死をどう思いましたか」

「………」

中山は苦しそうな表情になった。

「警察発表のように自殺だと思いましたか」

「思いません」

「では、なんだと？」

「最初は殺されたのだと思いました」

「最初は？」

「はい」

「では、あとからは変わったのですか」

「わからなくなりました」

「わからない？」

「はい」

　中山は顔をしかめた。

「最初は殺されたのだと思ったそうですが、誰に殺されたと思ったのですか」

「河原です」

　即座に答える。

「河原とのことは加奈さんから聞いていたのですか」

「聞いていました。私は昔から彼女のことを思っていたのですが、付き合っている男がいると聞いて諦めていたのです。ところが、あるとき、顔に痣をこしらえていたのです。転んだと言ってましたが、私は殴られたのだと思いました。相手の男からＤＶの被害にあっているのではないかと思い、彼女に声をかけ、相談に乗るようになったのです」

「それから、加奈さんの心は河原からあなたに変わっていったのですね」

「はい。河原に別れを告げたのです。ところが、河原は別れないと」

「それに対して加奈さんはどう出たのですか」

「毅然《きぜん》とした態度をとったようです。でも、だんだん彼女が暗い顔になってきて」

「暗い顔？」

「何か悩んでいるような。彼女にきいてもはっきりと答えてくれません。私も悩みました。彼女は河原と縒《よ》りを戻すのではないかと」

「どうして、そう思ったのですか」

「河原は普段はとてもやさしい男だそうです。もともと、彼女は河原が好きだったんです。だから、やさしくされたり、俺を捨てないでくれと哀願されて、気持ちが揺れ動いたんじゃないかと思いました。でも、彼女ははっきり私に言ってくれたのです。河原と完全に手を切って私と結婚すると」

中山は深くため息をつき、

「それから三日後に、彼女は亡くなりました。自殺なんかではありません。もちろん、事故でもない。殺されたのだと思いました」

「それなのに、見方が変わったのですね」

「はい、日が経つうちに自殺かもしれないと思うようになったんです」

「なぜ、ですか」

「死んだ場所です」

「河原の住んでいるマンションですね」

「ええ、彼女から河原に会いに行ったことが気になったんです。私は彼女に口を酸っぱくして言っていたのです。河原の誘いに乗るなと」

中山は胸の前で拳を握りしめ、

「でも、彼女は河原のマンションに行ったのです。そこで死んだ。それに、河原の部屋に女がいたと聞きました。そのことでショックを受けたのかもしれません。やっぱり、彼女は河原を忘れられなかったんじゃないかって。私とのこともあって、それで悩んでいたんじゃないかと」

「つまり、あなたは加奈さんはやっぱり自殺だったと？」

「その可能性もあると」

「あなたは、加奈さんのお兄さんとは会ったことはないのですね」

「ありません。そのことも、彼女の気持ちを疑う理由のひとつです。結婚を約束したのなら、お兄さんにも私のことを話してくれてもいいはずです」

　中山はふと涙ぐんだ。

　河原を殺したのはこの中山ではないかもしれない。

「大峰和人さんは、加奈さんに恋人がいるようだと言ってました。だから、河原と縁を切ろうとしたんだと。恋人がいるのに自殺などしないと、大峰さんは言っています」

　京介は中山のために言った。

「ほんとうですか」

　中山は声を震わせる。

「ほんとうです。加奈さんはお兄さんには言っていませんでしたが、親友にはあなたのことを話していました。加奈さんはほんとうにあなたと結婚するつもりだったのですよ」

「それがほんとうだったら……」

中山は呻《うめ》くように、

「私が河原を殺していたかもしれません」

「何があろうが、復讐はいけません、自分の人生が奪われてしまいます」

「河原を殺したのは大峰さんなのですか」

中山は身を乗りだしてきいた。

「いえ、本人は否定しています。しかし、加奈さんは河原に殺されたと思い込んでいます。だから、真相を知りたい、そして死んだ妹に謝らせたくて河原に会いに行ったのだと言っていました」

「なぜ、今頃なんでしょうか」

中山がぽつりと言った。

「えっ？」

京介は思わずきき返した。

「加奈さんが死んだのは半年前です。もし私が復讐するなら、もっと前にやっていたでしょう」

「確かにおっしゃるとおりです」

京介は自分の失態にあわてた。どうして、そのことにもっと注意を向けなかったのか。

「中山さん、いろいろ参考になりました」

京介は礼を言って立ち上がった。

なぜ、大峰和人は妹の死から半年経って行動を起こしたのか。そのことを確かめなければならない。大手町の駅に向かいながら、京介は思った。

6

その日の夕方、京介は大峰の接見に行った。

顔も青白く、少し窶《やつ》れたような気がする。

「どうですか」

「ええ、まあ。で、加奈の恋人には会えたのですか」

大峰がきいた。

「はい。会ってきました、同じ旅行会社の中山祐司というひとです。しかし、中山さんは自殺かもしれないという思いもあったようです」

「ばかな」

「加奈さんは河原にまだ未練があり、中山さんとのことで思い悩んでいたのではないかと」

「そうでしたか……加奈のことを信じていなかったんですね」

「やはり、河原のマンションに行ったことを気にしていました。避けているなら、マンションに行くはずはないと」

「加奈は決着をつけるために行ったんです」

大峰は語調を強めた。

「ひとつ、確かめておきたいのですが」

京介は切り出す。

「あなたはなぜ、加奈さんの死から半年も経って河原のところに行ったのですか。なぜ、もっと早く、河原を問い詰めようとしなかったのですか」

「警察の調べでは自殺の可能性が高いということになっていました。私が何度も調べ直してくれと頼んでも、聞き入れてもらえませんでした」

大峰は悔しそうに続ける。

「納得いかないまま、私は事件のことを忘れようと仕事に精を出していたのですが、今月のはじめに、たまたま営業の接待で行った赤坂のスナックで、カラオケを唄っている河原を見かけたのです。若い女と来ていました」

怒りを静めるように、大峰は少し間を置き、

「私はそのとき、改めて河原を疑いました。もし加奈が自殺したのだったら、河原の心に何か残っていてもいいはずです。ところが、河原の態度にはそんな贖罪《しょくざい》の気持ちなど微塵《みじん》も窺《うかが》えませんでした。それで、河原という男は過去にも何か事件を起こしているのではないかと、ネットで検索してみたのです」

「………」

「そうしたら、五年前に、殺人容疑で警察に逮捕されていたんです」

「殺人事件？」

「はい。板橋区のマンションで若い女性が殺されるという事件がありました。この事件で逮捕されたのが河原でした。河原と被害者の女性は付き合っていたようです。でも、裁判で無罪になりました」

「そんなことがあったのですか」

「私は河原のことを知るために、殺された女性の友人を訪ねました。すると、殺された女性は河原から暴力を受けていたそうです。それで、河原と別れたがっていた。妹の場合と同じです。やはり河原は妹の死に深く関わっていると思いました。とにかく、真実を知りたかったのです。まさか、そんなときに、河原が殺されるなんて……」

「被害者の女性の名はわかりますか」

「立川《たちかわ》まゆさんです。三十歳でした」

「三十ですか」

五年前といえば、河原真二は二十七歳だ。

「五年前のいつか覚えていらっしゃいますか」

「十一月です」

「立川まゆさんの親しい方、誰かわかりますか」

「友人の近藤逸美《こんどういつみ》さんです」

「近藤逸美さんのことはどうやって知ったのですか」

「マンションの隣室のひとから聞きました」

「そうですか。で、このことは警察には？」

「話していません。ますます疑われてしまうと思って」

「そうでしたか。わかりました。この件も私のほうで調べてみます」

気になることは、どんな些細なことでもとことん調べる。そこを疎《おろそ》かにしない。以前、浦松卓治に弁護をする上で心掛けていることはなんですかときいたとき、そう話してくれたのだ。そのことを、京介は肝に銘じていた。

係官が顔を出し、接見の終了を伝えた。

「わかりました」

と答えてから、大峰に向かって、

「秋山かおりさんが、もし必要なものがあれば差し入れをしたいとおっしゃっていました」

と、告げた。

「そうですか」

大峰は目を閉じて俯いた。

すぐ顔を上げ、

「心配はいりませんとお伝え願えますか」

「わかりました」

京介は接見を終えて、今川巡査部長に声をかけた。

「ちょっとお伺いしたいのですが、河原真二が五年前に殺人容疑で捕まっていたそうですが、その件は把握されていますか」

「ええ、もちろん。無罪になっています」

「検察側は控訴しなかったのですか」

京介は確かめる。

「ええ。控訴しても勝てないと思ったのでしょうね、相手の弁護士が弁護士だけに」

「誰なんですか」

「浦松弁護士ですよ。浦松卓治」

「浦松弁護士……」

思わず、京介は呟《つぶや》いた。

「河原は無罪になりましたが、そういう背景もあり、河原真二が妹を殺したと、大峰は思い込んでしまったのでしょう。いいですか」

今川は忙しそうに去っていった。

「河原真二に関わる殺人被告事件」の確定判決資料は東京地検に保管されている。事件番号はわからないが、被告人と被害者、それに事件発生日もわかっているので、閲覧には問題ないと思うが、浦松卓治が弁護をした事件だということが気になった。

まず、事件の概要だけでもつかもうと、事務所に帰る途中に日比谷図書館に寄ってみた。

五年前の東日新聞の縮刷版によれば、その年の十一月十二日の朝刊に、若い女性の死体発見の記事。

板橋区の板橋グランドマンション五〇六号室で、部屋の住人の立川まゆさんがリビングで死んでいるのを隣室の住人が見つけたという内容だ。昨夜からドアが少し開いたままなのを不審に思って部屋を覗《のぞ》いたら、立川まゆが倒れており、息をしていないようすなので、すぐ警察に通報した。

死亡推定時刻は十日の夜八時から十二時の間と思われる。

十日後の新聞記事に、恋人の男性を逮捕と出ていた。

虎ノ門の事務所に戻って、京介は浦松卓治の事務所をそのまま受け継いだ本宮《もとみや》弁護士に電話をした。

「ご無沙汰しています。鶴見です」

「鶴見くんか。珍しいな。どうしたんだ？」

本宮が快活にきいてきた。

浦松の事務所で居候弁護士をしていた男で、浦松が弁護士を辞めることになって、抱えていた案件ごと事務所も受け継いだのだ。

「ちょっとお伺いしたいのですが、浦松先生が扱った事件の裁判資料は保存されているのでしょうか」

「もちろんだ。先生の仕事は全部引き継いだからね」

「ある裁判資料を見せていただきたいのですが」

「構わんよ」

「そうですか。では、明後日月曜日に」

「明日でも構わないよ。ちょっと用があって、午後には事務所に出ているから」

「そうですか。では、明日の一時頃お伺いします」

そう言い、電話を切った。

翌日、京橋にある元・浦松卓治法律事務所、今は本宮と名称が変わっている事務所を訪ねた。

日曜日なので事務員はおらず、本宮と若い弁護士が在席していた。

本宮の執務室で、休日訪問の詫《わ》びの挨拶をしたあと、

「本宮さんは浦松先生がどうなさっているかご存じですか」

と、京介は口にした。

「なぜだ？」

本宮は浅黒い顔を向けてきく。本宮は京介の二年先輩だ。

「先日、先生にお会いしました」

「会った？」

「どこで」

と、きいた。

本宮は目を見開き、

「ご存じないのですね」

「知らない。どこで会ったのだ？」

ほんとうに知らないようだ。

「申し訳ありません。誰にも言うなと口止めされていますので」

「そうか。奥さまを亡くされてから、先生はすっかりお変わりになった。子どもがいたらまた違っていただろうが。まあ、それだけ濃密な夫婦生活を送ったということだろう」

「そうなんでしょうね」

「今後、先生は何をなさるおつもりなのか」

本宮は心配なようだ。

「暮しに困らないだけの蓄えはあるのでしょうか」

遍路をしている浦松を思い出して、京介はきく。

「狛江《こまえ》にある家を売ったからな」

「家を売られたのですか」

「そうだ。奥さまを思い出して辛過ぎるし、ひとりではもったいないからというので、売り払ったのだ」

「では、先生が帰るところは？」

「違う土地で、部屋を借りると言っていた。奥さまを失った悲しみが癒えるまで、浦松先生は何もしない、いや何も出来ないだろう」

やはり、その喪失感から遍路の旅を思い立ったのだろう。八十八カ所を巡り、結願の暁には浦松は新しく生まれ変わるのかもしれない。そうしたら妻のいない第二の人生を歩みはじめるのだろう。

「鶴見くん」

ふいに、本宮が呼んだ。

「はい」

京介は顔を向ける。

「先生とどこで会ったのか、教えてくれと言っても無理だろうな」

「すみません」

「だが、これだけは教えてくれ。まさか、先生はどこかの施設に入っているのではないか。どうなんだ?」

「施設ですって」

「先生は奥さまの四十九日を過ぎてから、ふとしたときにぼうっとしていることが多くなった。先生は自分の体調の変化に気づいて、ひそかに老人ホームかどこかに入居を決められたのではないかと気にしていたのだ」

本宮はため息混じりに、

「どうなんだ? 君が先生と会ったのは老人ホーム、あるいは病院などでは?」

「違います」

京介はきっぱりと言う。

「違う？　ほんとうだね」

本宮は念を押す。

「はい。先生はもっと前向きです。出会った場所も、前向きになる所です」

「そうか。それなら、安心なんだが」

本宮はややホッとした表情に戻ってから、

「なにしろ、弁護士を辞めたあとの消息を誰も知らないのだ。だから、心配になった。君の言葉を聞いて安心した」

「ええ、先生はお元気でした」

「君はまた先生にお会いしたいと思えば出来るのか」

「ええ、出来なくはないと思いますが」

それも遍路を続けている間だ。その後は、どこに行くのか。

「ところで、何の裁判資料を見たいのだ？」

「五年前、板橋のマンションで立川まゆという女性が青酸カリで中毒死した事件です。犯人として捕まったのが河原真二という男です」

「ああ、あれか」

本宮は思い出したように頷いた。

「ご存じでしたか」

「先日、河原は殺されたそうだな」

そのことも、本宮は知っていた。

「ええ。私はその件で逮捕された男の弁護をしています。その中で、河原がかつて別の事件で逮捕されていたことを知ったのです。まさか、浦松先生が弁護をされていたとは……」

京介は驚きを口にした。

「俺も驚いている。五年前のこととはいえ、浦松先生が弁護をした男が殺されたのだからな」

「本宮さんは河原に会っているのですか」

「無罪になったあとに、河原は何度か事務所にやって来た。先生がその後の就職のことでも面倒をみていたからな」

「そんなことまで?」

「逮捕されてから、河原は職を失ったのだ。無罪になって放免されたはいいが、仕事先はない。それで、先生が面倒をみたというわけだ」

「浦松先生らしいですね」

「やり過ぎだと思うこともある」

「河原はどんな男でしたか」

「見た目はやさしそうな男だ。顔立ちが整っていた。劇団にも所属していたことがあったというが、髪が長く細身で、それらしい雰囲気を醸しだしていた。女にはもてた」

「女性に乱暴を働くような感じは？」

「見た目は、ない」

　本宮は即座に否定する。

「ただ、自分に都合の悪いことを言われると目つきが変わった。きれやすい性格なのかもしれない」

「そうですか。じゃあ、資料を見せていただいてよろしいでしょうか」

「君は」

　本宮はふと真顔になって、

「河原の裁判が間違いではなかったかと思っているのか」

「いえ、そうではありません。河原という男を知りたいだけです」

「わかった。こっちだ」

　本宮は執務室を出て、一番奥の部屋に行った。

　こぢんまりした部屋で、壁にスチール棚が並んでいて、そこに段ボール箱が置かれていた。

「この棚が浦松先生が扱った事件の裁判資料だ。古い順に並んでいる」

本宮は段ボール箱に書かれた年代を見て、

「五年前のはこれだ」

と、指さした。

京介は段ボール箱に手を伸ばした。

棚の手前の机上に置く。蓋《ふた》を開き、時系列に並んでいる資料を探していく。浦松の弁護士としての歴史が詰まっている。

「河原真二に関わる殺人被告事件」と表紙にあるファイルが見つかった。

起訴状、検察官による冒頭陳述、証人の供述調書、公判記録、実況見分調書、検察官による論告求刑、弁護人の最終弁論、裁判官の判決文の写しなどの中から、京介は必要なものを取りだした。

「これ、お借りしてよろしいでしょうか」

「構わない」

本宮は鷹揚《おうよう》に言ったあとで、

「どうだ、今度付き合わないか。久しぶりに」

酒を吞《の》む仕種をした。

「ええ、ぜひ」

約束をし、京介は本宮の事務所を出た。

このまま家に帰って資料を読むつもりだったが、早く目を通したいので、虎ノ門の事務所に向かった。

第二章　五年前の裁判

1

京介は自分の執務室の机に「河原真二に関わる殺人被告事件」の裁判資料を広げた。
まず、死体を発見した田所《たどころ》房子《ふさこ》（三十六）の検察官に対する供述調書を開く。

一、私は板橋グランドマンション五〇七号室、すなわち被害者立川まゆさんの部屋の隣に住んでおります。

二、十一月十日の夜十時半頃、私が帰宅して自分の部屋の鍵を開けようとしたとき、立川まゆさんの部屋のドアが少し開いているのに気づきました。不用心だと思いながら、そのまま部屋に入りました。

三、翌十一日の朝、出勤で部屋を出たとき、立川まゆさんの部屋のドアがまた少し開いていました。妙だと思いましたが、急いでいたのでそのまま私はエレベーターに乗りました。

四、十一日の夜六時過ぎ、帰宅して自分の部屋の鍵を開けようとして、立川まゆさんのドアを見たら、やはり少し開いたままでした。こんな長時間、ドアを締め切っていないのはおかしい、もしかしたら、立川まゆさんは急病で寝込んでしまったのではないかと心配になり、ドアを開けて三和土《たたき》に入ってみました。

五、立川さんと呼びかけても返事がありません。でも、三和土には女物の靴がありました。これは寝込んでいるのだと思い、部屋に上がり、リビングに行ったのです。そしたら、まゆさんが仰向《あおむ》けに倒れていたのです。

次に、警察の実況見分調書を開く。

第一、現場付近の概況。

一、現場は都営地下鉄三田線新板橋駅から北に二百メートルほどの場所にあり、東百メートル先には埼京線が通っている。

二、板橋グランドマンションは十階建てであり、一フロアに八部屋ある。

三、マンションのエントランスに防犯カメラが二基設置されており、一基は出入りする人間を、もう一基はエレベーターに乗る人間を映していた。

四、被害者方の五〇六号室は玄関を入った正面は壁で、左に行くと八畳ほどのダイニング兼リビング、そしてその奥に六畳の洋間がある。この洋間にベッドが置かれていた。

五、リビングには四人掛けのテーブルに椅子が二脚。冷蔵庫、茶簞笥《ちゃだんす》、大型の液晶テレビが置いてあった。リビングからベランダに出ることが出来る。テーブルに湯呑《ゆの》み茶碗《ぢゃわん》が出ていた。

第二、死体の状況。

一、死体は頭をベランダに、足をテーブルに向けて仰向けに倒れていた。

二、死体の外見上には損傷は見られず、死斑がわずかに明るい紫色を示し、手足に擦《さっ》過傷《かしょう》が見られた。

第三、犯行の状況と考察。

一、被害者は何らかの薬物による中毒死と認められ、手足の擦過傷は被害者がもがき苦しんだ際に出来たものと思われた。また椅子の位置がずれていたのも、被害者が苦しんで蹴ったものと思われた。

二、薬物を自ら飲んだ、すなわち自殺とすれば、自分のベッドで死ぬのではないかなど、不自然な点が多く……。

その後の司法解剖の結果から青酸カリによる中毒死とわかった。テーブルに出ていた湯呑みから青酸カリが検出された。死亡時刻は十日八時から十二時ごろの間と推定されたが、隣室の田所房子の供述で、十時半にはドアが少し開いていたことから、その時間前に犯人は逃亡していると考えられ、犯行は八時から十時半までの間に絞られた。

京介は続いて、被害者の友人である近藤逸美の供述調書を開いた。

一、私は被害者の立川まゆとは中学時代からの友人であり、今まで親しく付き合ってきました。なんでも話し合える仲ですので、男性関係もよく知っています。

二、まゆには三年前から付き合っている河原真二という男性がいました。新宿のスナックで知り合ったのです。河原真二のほうからまゆに声をかけてきました。

三、河原真二は劇団に入って芝居をしていると言っていました。スマートで甘いマスクをしていて、いつしかまゆのほうが夢中になっていきました。当時、河原はあまり収入がないので、まゆが生活費などを貸してあげていました。

四、普段はやさしい河原真二が突然暴力を振るうことがありました。まゆは何度か顔に痣をこしらえていることがありました。それでも、まゆは河原に尽くしていました。自分のほうが年上という意識があったのかもしれません。

五、ところが、まゆの貯金が少なくなって、河原に貸すお金が少なくなってくると、河原真二は私を誘惑してきました。今度は私から金をせびりとろうとしたのです。私はそのことをまゆに話し、河原真二と別れるように言いました。
六、事件のひと月前、まゆが青い顔をして私に言いました。河原に別れ話をし、今まで貸した金も返してくれるように言ったら、思い切り殴られたそうです。このままではいつか殺されてしまうと怯《おび》えていました。
七、まゆが死んだと聞いたとき、すぐ河原真二の仕業《しわざ》だと思いました。

京介は供述書から顔を上げた。

最初から河原真二は疑われていたのだ。

河原真二が逮捕されたのは事件から十日後の十一月二十日だった。河原真二はどのような人間なのか。検察官の冒頭陳述書を読む。

一、被告人の生い立ち、及び生活環境。
被告人は昭和六十二年十月一日に、神奈川県平塚市にて河原真吉《しんきち》、民子《たみこ》の次男として生まれた……（中略）被告人が八歳のとき、父真吉が病死したあと、母民子、長男真一《しんいち》とともに母の実家である東京都足立区西新井××に引越し、小学校を転校した。

同区の公立中学に進学してからいじめに遭い、不登校が続いた。ところが、中学三年のとき、いじめていた三人に襲いかかり、大怪我《おおけが》を負わせ、警察に補導されたことがある。

都立高校を卒業後、江戸川区にある塗装会社に就職し、一年足らず勤務。その間、劇団に入って俳優を目指している同僚男性と出会い、その男に誘われて同じ劇団に入っている。その後メッキ工場や飲食店などのアルバイトで生活費を稼ぎながら演技の勉強をしていたが、劇団内で女性問題を起こし、三年後に劇団をやめている……。

二、捜査の端緒とその経過。

被害者立川まゆ方の隣室五〇七号室の住人田所房子が十一月十一日の夜六時頃に帰宅したとき、被害者方の部屋のドアが少し開いているのに気づき、昨日の午後十時半以降ずっと同じ状態であることを不審に思い、被害者方を訪ねて死体を発見したものである。

その後の調べで、被害者に付き合っている男性がおり、別れ話が出てもめていたとの友人近藤逸美の証言を得て、被告人が浮上したのである。そして、マンション・エントランスの防犯カメラに十日午後九時四十分にエレベーターに乗り、九時五十分にエレベーターから下りてくる被告人の姿が映っていた事実。さらに、被告人がかつてアルバイトをしていた坂井《さかい》メッキ工場の保管庫から青酸カリが数グラム盗まれていたという事実から、被告人が被害者を毒殺したと推認された。

三、殺害の方法。

被害者の死体解剖による鑑定の結果、青酸化合物が被害者に経口摂取された中毒死であると認められるものであり、被告人が風邪ぎみの被害者に漢方の葛根湯《かっこんとう》をお湯に溶かし、そこに青酸カリを入れて飲ませたものと推認される。被告人は被害者の死を確認後、部屋を出た。その際、ドアが完全に締め切れていなかった……。

四、殺害の動機。

被告人は新宿のスナックで被害者と知り合い、交際をはじめた。被告人は定職につかず、アルバイトで暮らしていたが、だんだん被害者に生活の援助を求めるようになった。被害者は自分の貯金から被告人の言いなりに金を渡してきたが、貯金の残高が少なくなるにしたがい、被害者は被告人に対して不満を募らせていき、そのことから喧嘩《けんか》が絶えず、被告人は暴力を振るうようになった。これ以上金を引き出せないと悟った被告人は被害者の友人近藤逸美（三十）から金を貢がせようと近づいたが失敗し、このことを知った被害者はとうとう被告人に別れ話を切り出し、今まで貸した金を返すように迫った。追い詰められた被告人は被害者を殺すしかないと考え、坂井メッキ工場に忍び込み、青酸カリを盗んだのである。

五、殺害後の被告人の行動。

板橋グランドマンションから逃走した被告人はその後、四谷荒木町《あらきちょう》にある小料理屋『あつみ』で午前一時まで酒を呑んで過ごした。いつになく荒れた呑み方で、顔も青ざめていた。

このときの『あつみ』の女将の供述調書がある。京介は冒頭陳述書を閉じ、女将の供述調書を開いた。

一、私は四谷荒木町で十年前から『あつみ』をはじめました。被告人が通うようになって三年ぐらいです。

二、被告人はいつも女のひととふたりでやってきていました。最近は被害者といっしょのことが多かったようです。とても穏やかで紳士でした。お酒は強いほうで、いくら呑んでも乱れることはありませんでした。

三、十一月十日は夜の十一時近くにひとりで現われました。顔も青ざめてなんだか震えているようでした。いつになく乱暴な呑み方に、どうかしたのときききました。何も言わないので、彼女と別れたのと言うと、はっとしたように顔を上げ、それからまた乱暴に酒を呑み始めました。私は、彼女と別れただけで、こんなに苦しいのかしらと不思議に思ったものです。

次に、検察官による河原真二の供述調書を見る。

一、私は立川まゆさんと三年前に知り合い、交際を続けてきました。まゆさんから小遣いをもらっていたのも事実です。私が一人前の役者になるように応援してくれていました。しかし、なかなか芽の出ない私に愛想をつかしたのか、別れ話を切り出してきました。私は仕方ないと別れ話を甘んじて受け入れるつもりでいた。ところが、今まで立て替えたお金を返してくれと言ってきたのです。私には返せるお金はありません。そのことを正直に言うと、被害者は私を罵倒し、金を返さないなら結婚詐欺で警察に訴えるとまくしたてました。

二、被害者はとても気が強く、金を返さないと、あることないこと言いふらされると恐ろしくなって、もう殺すしかないと思うようになったのです。

三、殺す方法をいろいろ考えました。刃物で刺すか、首を絞めるか。でも一度は愛し合った女性ですので楽に死なせてやりたいと思い、青酸カリを使うことにしたのです。以前にアルバイトをしていたときに坂井メッキ工場の保管室に青酸カリが保管されているのを知っていました。それで、十一月五日の深夜に侵入し、青酸カリを盗みました。

四、十日の夜九時四十分頃、私は被害者の部屋に行き、彼女が風邪ぎみだったことを利用し、葛根湯をお湯に溶かし、そこに青酸カリを混入させて飲ませました。すると、すぐに彼女は苦しみ出しました。私は急いで部屋から逃げました。玄関ドアを少し開けておいたのは、誰かに早く発見してもらい、彼女を安らかに眠らせてやりたかったからです。
五、私はまっすぐ四谷三丁目のマンションに帰る気がせず、荒木町にある小料理屋『あつみ』で午前一時過ぎまで酒を呑んでいました。

当初、河原真二は検察官の前で、立川まゆを殺害したことを認めていた。ところが、浦松弁護士が弁護人となったときから、供述を変えたのだ。

一、前回の取調べで、私が立川まゆを殺したように申し上げましたが、あれは偽りでした。私は立川まゆを殺していません。
二、別れ話を切り出したのは立川まゆではなく私からでした。彼女は泣きながら捨てないでと哀願しました。でも、嫉妬深く私を束縛する彼女から離れることを決心したのです。
三、前回、私が坂井メッキ工場に忍び込んで青酸カリを盗んだと申し上げましたが、事実ではありません。取調官の誘導によって、そう供述させられたのです。
四、十日の夜、彼女から携帯に電話があり、マンションに来てくれと言ってきました。私がもう行けないと言うと、来なければ死ぬと言いました。青酸カリを手に入れたからと。私はどうせ威《おど》しだろうと思っていました。でも、気になって、九時半頃に携帯に電話を入れたのです。出ないので、まさかと思ってマンションに駆けつけたのです。
五、部屋に入ったら、彼女はリビングで倒れていました。私を脅かすつもりで芝居をしているのかと思いましたが、息をしていません。私は驚愕《きょうがく》し、そのまま逃げだしてしまいました。
六、ほんとうに彼女が死んだことにショックを受け、どうしたらいいかわからず、小料理屋『あつみ』で酒を呑んでいたのです。
河原真二が当初、犯行を自白したのは強引な取調べに遭って、取調官に誘導されるがままに犯行を認める供述をしたということになる。

逮捕後間もない警察の取調べの様子を、浦松弁護士が河原真二から聞き取って書き残していた。

——青酸カリをどこで手に入れたか。

——そんなもの見たことありません。私が手に入れることなど出来ません。

——坂井メッキ工場で働いていたことはあったな。

——はい。アルバイトです。

——坂井メッキ工場の保管室に青酸カリが保管されているのを知っていたな。

――あることは知っていました。

――そこから青酸カリがなくなっていた。

――私は関係ありません。

――嘘をつくな。十一月五日の深夜、何者かが工場に侵入し、青酸カリを盗んでいった。おまえではないのか。

――違います。

――おまえは盗んだ青酸カリを持って、立川まゆの部屋に行き、青酸カリを飲ませたのだ。十日の夜九時四十分と五十分にマンション・エントランスにある防犯カメラにおまえの姿がはっきり映っているのだ。

――私は心配で様子を見に行っただけです。

――それなら、なぜ救急車を呼ばなかったのだ。なぜ、逃げたのだ？　やましいことがなければ逃げる必要はない。

逮捕されて気が動転している中での厳しい取調べに、河原真二は取調官の言うがままに供述をし、検察官の前で自白した。

ところが、逮捕から七日経って、河原真二はだんだん冷静になってきたのだろう。河原真二は浦松弁護士に弁護を依頼したのだ。

それ以降、河原は犯行を否認し続けた。京介は公判記録を開き、浦松弁護士による、捜査を担当した板橋中央署の戸田《とだ》警部補に対する証人尋問を見てみる。

――あなたが、現場に駆けつけたのはいつですか。

――十一月十一日の午後七時頃です。

――現場の様子は？

――被害者はリビングでベランダに頭を向けて倒れていました。

――死因はなんだと思いましたか。

――死斑が明るい紫色を示しており、青酸カリの中毒死だと思いました。

――死体を見ただけで、青酸カリかどうかわかるのですか。

――私は何度か青酸カリによる中毒死の死体を見たことがありますが、その経験がなければすぐにはわからないと思います。

――被害者はどうやって口に入れたのだと思いましたか。

――テーブルの上に、湯呑みが出ていて、ごみ箱に葛根湯の薬包紙が捨ててありました。葛根湯の中に青酸カリが混じっていたのだと推察されました。

――あなたはそのとき、なぜ被害者が青酸カリを飲んだのだと思いましたか。

――何者かに飲まされたのだと思いました。

——つまり、他殺だと？

——そうです。

——自殺の可能性は考えられなかったのですか。

——はい。まず、遺書がないこと。次に自ら命を絶つならベッドで死ぬはずです。つまり、自殺の準備は整っていないのに死んでいた。現場を見た瞬間、他殺だと思いました。

——どうして、被告人に疑いがかかったのでしょうか。

——被害者と交際していたが、ほとんどヒモのような存在だったこと。また、被告人のDVがはげしく、また女癖の悪いことから被害者は別れ話を持ち出した。その際に、貸した金の返済を求めていたことがわかりました。さらに、かつてアルバイトをしていた坂井メッキ工場で青酸カリが盗まれたという事実が判明し、状況から被告人の犯行に間違いないと断定しました。

——仮に、被告人の犯行だとしましょう。被告人は九時四十分と五十分にマンション・エントランスの防犯カメラに映っていました。わずか十分間でエレベーターに乗って五階に行き、部屋に入って被害者に青酸カリを飲ませてエントランスまで戻ってくることは可能でしょうか。

——不可能ではありません。

——しかし、別れようと思っている相手から勧められた青酸カリ入りの葛根湯を、被害者は素直にすぐ飲んだのでしょうか。

——被害者は風邪の引きはじめでした。ですから、疑うことなく飲んだのです。

——それにしても、十分では時間が短過ぎませんか。

——被告人が部屋に入ってすぐ葛根湯を勧めれば、十分以内で退出出来ます。

——そうです。部屋に入ってすぐに被害者が飲んでくれなければ、十分以内に一階まで下りられません。ふつう、最初に挨拶やら世間話やらして五分や十分はすぐ経ってしまうのではありませんか。

——ふたりはそのような他人行儀な挨拶など不要な仲でした。風邪によく効くからと言われ、被害者は相手に促されるまま青酸カリ入りの葛根湯を飲んでしまったのです。

——風邪気味だったことは間違いなかったのですか。

——被害者が熱っぽいと言っていたのを会社の同僚が聞いています。ですから風邪の引きはじめだったと思われます。

——仮に百歩譲ってすぐに青酸カリ入りの葛根湯を飲んだとしましょう。被害者が死んだのを確かめてから部屋を出てエレベーターで一階に下りる。その間《かん》、十分。そのような鮮やかな芸当が出来ると思いますか。

——出来たのです。

——あなたは実際に試してみましたか。

——いえ。

——弁護人は試してみました。被害者の部屋に行き、青酸カリを飲ませて退出し、一階まで下りるのに十五分は必要でした。はっきり言います。わずか十分で犯行を済ませることは不可能です。

——いえ、不可能とは……。

——ところで、話は変わりますが、被害者に看護師の伯母がいたのをご存じでしたか。

——いえ、知りません。

——そこまで調べなかったのですか。最初から被害者の死因は殺人であると決めつけていたから、そこまで考えが及ばなかったのでしょう。伯母は迫田千賀子《さこだちかこ》さんといいます。この迫田さんは六年前に自殺をしています。青酸カリを飲んだのです。病院から持ち出したのです。この伯母の死の第一発見者が被害者でした。この事実を摑《つか》んでいたなら、捜査は別の展開を迎えたと思います。終わります。

被害者が自殺だった場合、青酸カリの入手方法が問題になる。だから、伯母が残していた青酸カリを被害者が所持していた可能性を指摘したのだ。

2

依頼人が引き上げたあと、京介は再び裁判資料を開いた。

浦松弁護士は、ひとつひとつ検察側の主張をつぶしていく。第三回公判の浦松弁護士の近藤逸美に対する証人尋問を見てみる。

——あなたと被害者の関係は？

——中学時代からの友人です。

——親しくお付き合いをしていたのですか。

——はい。そうです。

——お互いに何でも言い合える仲だったのでしょうか。

——そうです。

——恋愛のことも話しますか。

——はい。

——被害者が被告人と付き合っていたことはご存じですね。

——知っていました。

――ふたりの仲はどんなでしたか。

――とても仲がよかったです。

――あなたに恋人は？

――いません。

――ふたりが羨ましいと思ったことは？

――少しは……。

――あなたは被告人をどう見ていましたか。

――穏やかでやさしそうな男性でした。甘いマスクをしていて、まゆが夢中になるのがわかるような気がしました。

――あなたは被告人とふたりだけで会ったことがありますね。

――はい。

――どういうわけで、被告人とふたりだけで会ったのですか。

――被告人から相談があると電話があって……。

――どこで会ったのですか。

――新宿です。

――新宿のどこですか。

――新宿三丁目にあるビストロです。

――そこで食事をしたのですね。
――はい。
――相談とはなんだったのですか。
――特に、相談らしいことは何も……。
――では、被告人は何のためにあなたを誘ったのでしょうか。
――わかりません。
――食事のあと、どこかに行きましたか。
――はい。その近くのバーに。
――あなたは友人の恋人と食事をし、そのあとバーに行ったのですか。
――ええ。
――バーを出たあと、どこかに行きましたか。
――はい。
――どこですか。
――酔っていたので。
――どこに行ったか教えてください。
――酔っていて……。気がついたらホテルにいました。
――あなたは友人の恋人と食事をし、そのあとバーに行き、そしてホテルにまで行ったのですね。

――はい。

――ホテルにはあなたが誘ったのですか。

――違います。

――被告人が誘ったのですね。

――そうです。

――どうしてですか。

――わかりません。

――被告人の気持ちが被害者よりあなたのほうに傾いたのではありませんか。

――わかりません。

――でも、そのとき、被告人はそれらしきことを囁《ささや》いていませんでしたか。

――言ってました。でも、それは女を口説くための言葉で本心だとは思いませんでした。

――でも、あなたは被告人の誘いをそのまま受け入れたのですね。で、それはいつのことですか。

――今年の九月の末だったと思います。

――その後は、被告人とは？

――一度会いました。

——その後も会ったということは、被告人との関係を続けていくつもりだったのですね。

——違います。はっきりお断りするつもりで会ったのです。

——あなたと被告人の関係を、被害者は知っていましたか。

——私が話しました。その上で、別れるように勧めました。

——被害者が別れたら被告人を自分にものに出来る。そういう考えがあったのではありませんか。

——違います。被害者に暴力を振るったり、金を貢がせたり、そんな男についていったらだめになるから別れるように説得したのです。

——被害者は、そうはとらなかったんじゃありませんか。被告人を友人に盗《と》られたと思ったのではないですか。

——違います。彼女は被告人と別れようとしていたのです。


浦松弁護士は、恋人を親友にとられたショックから、立川まゆが自殺を図ったというストーリーを考えていたのだ。

それにしても、河原というのはとんでもない男だ。立川まゆと交際しながら友人の近藤逸美にも手を出す。

大峰和人の妹加奈と付き合いながら加奈の親友を誘っていた。同じことを繰り返している。

人間的に欠陥があると言わざるを得ない。だからといって、それは犯罪を犯したこととは別だ。この証人尋問で、裁判員の印象も大きく変わったのではないかと、京介は想像した。


しかし、坂井メッキ工場から青酸カリを盗んだ件は警察の捜査が甘かったと言わざるを得ない。確かに、事件の五日前に青酸カリが盗まれていたが、この盗まれたものと被害者が飲んだものが同一のものかどうかわかっていない。また、河原真二が盗んだという証拠がないのだ。

その伝で言えば、立川まゆが自殺だったとしても、どうやって彼女が青酸カリを手に入れたのかがわからない。伯母が青酸カリ自殺を図り、第一発見者が被害者であったのが事実だとしても、被害者がそのとき青酸カリを手に入れたかどうか証明出来ない。

しかし、弁護側にそのことを立証する責任はない。立川まゆに自殺の可能性があることを示せばいいのだ。

京介は検察側の被告人質問のページを開き、河原の証言を読んだ。

――あなたは逮捕された当初、罪を認めていましたね。

——最初は立川まゆさんを失った悲しみに自分が犯人として捕まったことのショックが重なり、どうでもいいと自棄《やけ》になって警察の言うままに自白してしまったのです。

——どうして、途中で供述を変えたのですか。

——時間が経って冷静さを取り戻したとき、このままではいけない、ほんとうのことを言おうと思ったのです。

——あなたは被害者を殺していないというのですか。

——殺していません。

——あなたは定職についていたことがあるのですか。

——一度あります。そこを辞めたあとは、劇団に入って役者を目指していたので、アルバイトで生計を立てていました。

——あなたは、被害者と付き合い出してからアルバイトをあまりやっていませんね。

——はい。

——なぜですか。

——立川まゆさんが生活費は出すから、演技の勉強をもっとして欲しいと言ってくれたからです。

——つまり、あなたは生活費を被害者に頼ったのですね。

——彼女がそう言ってくれたからです。

――しかし、あなたは劇団をやめていますね。
――やめたのではありません、やめさせられたのです。
――なぜ、やめさせられたのですか。
――ちょっとトラブルがあって……。
――劇団内で女性問題を起こしたのですね。
――はい。
――劇団をやめたことを、被害者に話しましたか。
――話しました。
――あなたは、それから働くようになったのですか。
――ええ、まあ。アルバイトですが。
――しかし、いずれも長続きしていませんね。
――彼女が無理して働かなくてもいいと言ってくれたので。
――相変わらず、生活費をもらっていたのですね。
――はい。
――でも、だんだん被害者の貯金が残り少なくなってきた。そのことを聞きましたか。
――はい。ですから、私もまじめに働こうと思ってました。
――しかし、定職にはついていませんね。

——いい働き口がなかったのです。

——その頃、あなたは被害者の友人である近藤逸美さんを誘っていますね。

——はい。

——なぜ、誘ったのですか。

——気になっていたので。

——被害者に後ろめたい気持ちはなかったのですか。

——ありましたが、欲望には勝てずに……。

——被害者からもう金は引き出せそうにもない。そこで、近藤逸美さんに乗り換えようとしたのではありませんか。

——違います。

——その後、被害者から別れ話を持ち出されたのではありませんか。

——いいえ。別れ話は私からです。

——その際、今まで立て替えた金を返すように言われたのではありませんか。

——いいえ。

——今まで、どのくらいのお金を用立ててもらっていましたか。

——七、八百万かと……。

——すべて、あなたは被害者からもらったものと思っていたのですか。

――そうです。もらったものです。

――被害者はそうは思っていなかった。だから、返せと迫ったのではありませんか。

――違います。

――あなたは被害者に対してどう思っているのですか。

――彼女は私のことをほんとうに愛してくれていたのです。彼女から電話をもらったとき、もっと真剣に聞いてやるべきでした。すぐ駆けつければ、彼女を死なすことはなかったのです。

京介は最後に、検察官の論告求刑を見た。

一、被告人は被害者と交際していたものの、その実体は愛情での結びつきではなく、お金の繋《つな》がりでした。被害者は被告人のために七百万円もの金を使っていました。しかし、被害者の貯金が少なくなると、被害者の親友である近藤逸美に乗り換えようとした。そのことを近藤逸美から聞かされた被害者は憤り、被告人との絶縁を告げ、用立てた金の返済を求めた。返さないなら結婚詐欺で警察に訴えると言われ、被害者からの攻撃から逃れるには被害者を殺さねばならないと決意したのです。

二、かつてアルバイトをしていた坂井メッキ工場に青酸カリが保管されていることを思い出し、十一月五日の深夜に忍び込み、青酸カリを盗んだ。この件につき、被告人が盗んだという証拠はないが、状況からして間違いないと推察出来るのです。

三、十一月十日夜、九時四十分頃、被害者宅を訪れ、数日前から風邪気味の被害者にすぐ効く風邪薬だと騙《だま》し、葛根湯に青酸カリを混入して飲ませた。被害者はたちまち苦しみ出し、それを見て、被告人はすぐに部屋を退出しました。

被告人は被害者が自殺をほのめかしたので心配で見に行ったと言っていますが、それは最初から考えていた弁明である。ほんとうに心配して見に行ったのなら、倒れている被害者を見つけた時点で救急車を呼ぶなり、警察に知らせるなりしたはずです。それをしなかったのは、すぐに警察に調べられたら死後間もないことが明らかになり、疑いが自分に向くのを恐れたからであります。

四、被告人は犯行を否認し、反省の態度は微塵もなく、被告人に翻弄されたあげく命を奪われた被害者の無念を思えば、被告人に対して厳しい刑を科するのが妥当であります。

五、求刑、被告人を懲役二十三年に処するのが相当と考えます。

続いて浦松弁護士の最終弁論に目を通していった。

判決は無罪だった。さらに判決理由を読んでいく。

一、本件を被告人の犯行と考えた場合、やはり九時四十から五十分のわずか十分間で被告人が被害者に毒を飲ませ逃走したことに疑問を抱かざるを得ない。防犯カメラの映像からも自分の姿を隠そうとはしておらず、これから殺人を犯そうという様子は見られない。さらに被告人が青酸カリを所持していたという具体的な証拠はなく、また坂井メッキ工場での青酸カリの盗難被害が被告人の仕業であるという証拠はない。

二、次に、被害者が自殺をしたと考えた場合、被害者がほんとうに自殺するかもしれないと心配になり、マンションの被害者の部屋を訪れ、被害者が死んでいるのを見つけてそのまま逃走したという主張のほうが、十分間の説明に十分に首肯出来るものである。

三、被害者のほうから被告人に別れ話を出したという証人近藤逸美の証言は証人自身が被告人と特別な関係になっており、男女間の確執があった可能性もあり、そのことから証人は被告人に不利な証言をしたという疑いを持たざるを得ない。

四、最後に、被害者が自殺だったとしたら、青酸カリの入手方法が問題になるが、被害者の伯母がかつて青酸カリ自殺を図り、その第一発見者が被害者であったという事実から、その際に、被害者は伯母が飲んだ青酸カリの残りを盗み、何かのために保管していたということは考えられる。もとより、被害者が伯母の青酸カリを盗んだという証拠はないが、その可能性が否定出来ない以上、被害者は自殺だと……。

京介は大きくため息をついた。

裁判官をはじめ、裁判員は浦松弁護士の弁論を採用した。京介も検察側の立証は不十分だと思った。

この判決に対して検察側は控訴しなかった。新たな証拠を集めることが出来なかったのであろう。

この事件に登場する人物で、河原真二に恨みを抱いているとしたら、近藤逸美であろう。彼女は当然裁判の結果に納得をしていない。河原真二が立川まゆを殺したと信じているはずだ。

だから、大峰和人が訪ねてきたとき、思いの丈をぶつけたであろう。その結果、大峰は河原が妹加奈を殺したと信じたのだ。

近藤逸美の立場になって考えてみる。ある日、突然、大峰が訪ねてきて、河原真二についてきかれた。大峰の話を聞いて、改めて河原に対する憤りを蘇《よみがえ》らせたのではないか。彼女に会ってみなければならないと、京介は思った。

3

翌二十七日、月曜日の午後三時、京介はＪＲ御徒町《おかちまち》駅北口を出て、昭和通りに出る手前にある喫茶店に向かった。

店の前から近藤逸美の携帯に電話を入れた。すぐ伺うという返事だった。彼女が勤める会社は昭和通り沿いにあるという。

浦松は関係者の連絡先をすべて控えてあり、その中に彼女の携帯番号があったのだ。彼女は五年前と番号を変えていなかった。

十分ほどで紺のスーツに白いブラウスの女性がやって来た。ドアを入ってきた女性を見て、すぐ近藤逸美だとわかった。

京介が立ち上がると、彼女は近づいてきた。

「鶴見先生？」

「はい、鶴見です」

「近藤です。失礼します」

逸美は向かいに座った。

やって来たウエートレスにコーヒーを頼んでから、

「大峰さんの弁護をなさっているそうですね」

と、逸美は勝気そうな大きな目を向けてきいた。

「はい。大峰さんはあなたを訪ねたそうですね」

「ええ。河原が裁判にかけられた事件を知りたいと言ってきました」

「立川まゆさんが青酸カリを飲んで死んだ事件ですね」

「そうです。まゆは自殺じゃありません。河原に殺されたんです」

逸美は眦《まなじり》をつり上げ、

「浦松弁護士が人殺しの河原を無罪にしたんです。ちゃんと裁かれていたら、大峰さんの妹さんが死ぬようなことにはならなかったんです」

「あなたは大峰さんに、そのことを話したのですね」

「話しました」

「あなたは、大峰さんが河原真二を殺したと思いますか」

「わかりませんが、そうだとしても驚きません。よくやったと、讃《たた》えてやりたいです。まゆの仇をとってくれたんですから」

「河原真二を恨んでいる人間に心当たりはありませんか」

「あんな人間ですから、他にもいると思いますけど、私にはわかりません」

「あなたもかなり恨んでいるのでしょうね」

「ええ、恨んでいます。私が男だったら、河原に復讐をしていました。でも……」

ウエートレスがやって来たので、逸美は話を中断した。

コーヒーが置かれると、逸美はカップを手にしてブラックで一口飲んだ。

カップを戻して、逸美は顔を向けた。

「河原はもちろん憎いですけど、それ以上に浦松弁護士を恨んでいます」

「弁護士は依頼人のために弁護をするのが使命ですから」

京介は浦松の名誉のために言う。

「じゃあ、殺人犯を無罪にしてもいいのですか。殺人者を野放しにした責任はないのですか」

「被告人の罪を立証する責任は検察官にあるのです。検察官が河原を罪に問うことが出来なかったのです。弁護人は検察官の立証に不備をみつけて反論するだけです」

「浦松弁護士も同じことを言っていたわ」

「あなたは浦松弁護士にいつ会ったのですか」

「判決が出たあとです。京橋にある事務所を訪ね、抗議したんです」

「五年前ですか」

「そうです。殺人者を野放しにして責任はないのですかと問いただしました。『河原真二はまたいつかひとを殺しますよ』と言ってやりました。浦松弁護士は全然とりあってくれませんでした」

　浦松に対してもずいぶん激しく怒りを露《あらわ》にしていることに、京介は驚いたが、それが逆に河原真二の殺害に逸美は関わっていないことを認識させた。

「お気持ちはわかりますが」

　京介はなだめるように言う。

「だから、大峰さんから話を聞いたあと、浦松弁護士に会いに行ったんです。そしたら、もう弁護士を辞めたって。あんたが河原を無実にしなければ、大峰加奈さんが殺されることはなかったんだと言ってやりたかったのに」

「それほど浦松弁護士が憎いですか」

「ええ。河原を守るために、私の人格を否定するようなことを言ったんですよ」

　逸美は感情を抑え込むように、

「まるで私が河原を誘惑し、河原が私になびかないから、腹いせに河原が不利になるような証言をしたって決めつけたんです。だから、裁判長は私の証言に信憑性《しんぴょうせい》がないと」

　逸美は悔しそうに俯いた。

「なぜ、あなたは河原とふたりきりで会ったのですか」

「携帯に電話がかかってきて、相談があるからと言われたのです。当然、まゆのことだと思うじゃないですか」

逸美は少し憤然とした。

「裁判での証言によると、最初は新宿三丁目にあるビストロで食事をし、そのあとバーに行っていますね」

「ええ」

逸美は小さく頷いた。

「相談を受けるのにお酒が必要だったのですか」

「あの男、甘い言葉を囁いて……」

「あなたを口説《くど》いたのですね」

「はい」

「ならば、なぜ、さっさと引き上げなかったのですか」

京介は逸美の困惑した顔を見つめる。

「迂闊《うかつ》でした。酔っぱらってしまって。河原のペースにはめられて。気がついたらホテルに連れ込まれていました」

「そのとき、あなたにはまゆさんを裏切っているという後ろめたさはあったのですか」

「まゆはもう、河原と別れる気持ちになっていたようですから」

「それほどの罪悪感はなかったと?」

「…………」

「河原は最初からあなたを利用するために仕組んだのでしょうか」

「そう思います。私が迂闊でした」

「失礼な言い方をしますが、あなたは河原といっしょにいて楽しかったのではありませんか」

逸美ははっとしたように顔を上げた。口が開きかけたが、声にはならなかった。

「どうなんですか」

京介はきいた。

「そうだったかもしれません」

逸美は正直に認めた。

「河原はまゆさんと別れ、あなたと付き合いたいと誘ったそうですね」

「ええ。ずっと以前からあなたのことが気になっていたとか、甘い言葉をずっと耳元で囁いていました」

「お酒にだけでなく、その甘い言葉にも酔ったようですね」

「……なんで、あんな男の甘い罠《わな》に引っ掛かったかと思うと、悔しくてなりません」

逸美は感情が激してきたようだ。

「河原はまゆさんと別れるつもりはなかったのですか」

「いえ、まゆにもう貯金がないとわかったから私に乗り換えようとしたのです。ずるい男です」

「裁判で、浦松弁護士はまゆさんはあなたに河原を盗られたと思って絶望したようなことを言っていましたね」

「嘘です。確かに河原に口説かれたことを、私はまゆに正直に話しました。それで、まゆははっきり態度を決めたのです」

「河原と別れると？」

「そうです」

「お金の件はどうだったのですか。まゆさんは貢いだ金を返せと迫ったのでしょうか」

「そうです。まゆは今まで使った金を返してもらいたいと河原に言ったのです。でも、河原は返す謂《いわ》れはないと突っぱねたそうです。だから、金を返してくれないなら結婚詐欺で訴えると迫ったのです」

「法廷で、あなたは浦松弁護士の尋問に対しても今のようなことを話したのですね」

「ええ」

「感情を剥《む》きだしにして」

「いえ、興奮していたかもしれませんが、そんなに取り乱したりはしていません」

「しかし、あなたが個人的な理由で河原を恨んでいたので、河原に不利な証言をしていると、浦松弁護士は決めつけたということですね」

「そうです。あの弁護士は自分の依頼人を無実にするためには他人を犠牲にすることを何とも思っていないのです」

「いえ、浦松弁護士はそのようなひとではありません」

「でも、現に私が嘘をついて河原をおとしめようとしたと断じていました」

逸美は怒りをぶつけた。

「まゆさんはほんとうに自殺ではなかったのですね」

「絶対に違います。河原に殺されたのです」

「しかし、裁判では、河原真二が最後にまゆさんの部屋にいたわずかな時間で、まゆさんに青酸カリを飲ませることは無理だとされていますが、これについてはどう思われますか」

「わかりません」

逸美は首を横に振った。

ふと、逸美は壁の時計に目をやり、

「そろそろ戻らないと」

と言い、カップのコーヒーを飲みほした。

「近藤さん、ひとつお訊《たず》ねしてよろしいでしょうか」

「わかっています。四月二十日のアリバイでしょう」

「………」

京介が驚いていると、逸美は一方的に言った。

「あの夜は、会社の新人歓迎会で上野の居酒屋さんにいました。なんなら、会社のひとを紹介します」

「いえ。けっこうです」

「では」

逸美が引き上げたあと、京介はもう一杯コーヒーを頼んだ。

逸美は河原がまゆを殺したと信じ切っている。が、それはあくまでも感情的なものであって具体的な証拠があるわけではない。

しかし、その激しい感情を大峰和人にぶつけたのだ。大峰もまた河原が妹を殺したと思い込んだに違いない。

驚いたのは、逸美が浦松弁護士に対しても怒りをぶつけていることだ。大峰から河原と大峰加奈の話を聞いたあとも浦松に抗議をしようと事務所に押しかけているのだ。浦松に対する怒りの大きさが窺える。

新しく運ばれてきたコーヒーに口をつける。

裁判で、河原真二は無罪になった。検察側が控訴をしなかったのは、河原を有罪に出来る証拠はないと判断したからだ。

被害者側の関係者からは恨まれる結果になってしまったが、浦松弁護士は間違ってはいなかった。しかし、果たしてそのやり方は正しかったのだろうか。

逸美の言うことがほんとうだとしたら、浦松は逸美の人格を攻撃し、都合よく弁護に利用したことになる。

これは他人事ではない。京介とて依頼人を守るために相手側を攻撃することはあり得るのだ。

立川まゆの件、そして大峰加奈の件を通じてわかったことは河原真二の人間としての不誠実さだ。共に付き合っている相手の友人に誘いをかけている。

しかし、人間が不誠実だからといって犯罪に関わっているというわけではない。

京介は喫茶店を出た。

携帯を取りだし、本宮弁護士の携帯に電話を入れた。


三十分後、京介は本宮弁護士の執務室にいた。かつては、浦松がいた部屋だ。

「すみません、突然」

京介は突然の訪問を詫びた。

「また、裁判資料か」

本宮が笑みを湛《たた》えた。

「いえ。最近、近藤逸美という女性が浦松弁護士を訪ねてやって来たということはありませんでしたか」

「来た」

　本宮は苦笑した。

「驚いたよ。浦松は弁護士を辞めたと言ったら、ずるい、と叫んだ。何がずるいんですかときいたら、ひと殺しを無罪にしたから、また犠牲者が出たではないですか。浦松弁護士は謝罪すべきだと、河原を無罪にしたことをとても怒っていた」

「もちろん、浦松先生は近藤逸美さんが事務所にやって来たことなど知りませんよね」

「誰も居場所を知らないのだから、知らせようもない」

　本宮は呆《あき》れたように、

「あんな苦情を言われたら浦松さんも敵《かな》わないだろうな」

「で、近藤逸美さんはすぐ引き上げたのですか」

「がっかりして引き上げた」

　本宮はため息をつき、

「君は裁判資料を読んだのだろう。河原真二の判決は？」

「河原真二は完全な白だとは言えませんが、検察側の立証では河原を罪にするのは無理があります」

「検察側の立証に不備があったから無罪になったと?」

「いえ、浦松先生がうまく検察側の不備を突いたのは間違いありません。ただ、近藤逸美さんの恨みを買うような弁護だったことは先生らしからぬと思いました」

「そうか」

本宮は軽くうなずき、

「五年前に自分が弁護をした男が殺されたことを知って、浦松さんはどう思ったかな」

と、呟く。

「浦松先生は知らないような気がしますが」

「どうして? 新聞だって読むだろうし、テレビのニュースも見るだろう」

「そうですね」

遍路を続けている間、浦松は新聞もテレビも見ていないような気がする。遍路をしていることは本宮にも言えないので、京介はあえて反論はしなかった。

河原真二をめぐってこのような騒ぎになっていることなど知らずに、浦松は札所を巡っていると信じたい。

本心で言えば、京介は浦松から五年前の事件について話を聞いてみたかった。ほんとうに河原は無実だったのか。疑わしいと思いつつも、弁護をしたのではないのかと。

「鶴見くんはそもそも浦松さんとはどういうきっかけで知り合ったんだね」

本宮が改まってきいた。

「うちの柏田先生の紹介なんです。柏田先生も冤罪事件には積極的に関わっていく弁護士でしたが、その柏田先生が尊敬している弁護士のひとりが浦松先生だったんです」

「なるほど」

「ただ、私は浦松先生の奥さまとはお会いしたことはありません。本宮さんは浦松先生の奥さまのこともよくご存じなのですよね」

「ああ、狛江の自宅にもよく遊びに行ったからね。いい奥さんだった。だが、奥さんを失って、仕事をする気力までなくしてしまうとは思わなかった。子どもがいたら違っていたんだろうが」

「でも、私はまた浦松先生は復帰してくださると思っているんです」

八十八カ所をすべて巡り、おそらくそのあと浦松は高野山《こうやさん》に行って満願を果たした後、必ず弁護士に復帰する。京介はそう期待していた。

4

翌二十八日、四谷中央署に大峰の接見に行ったが、取調べ中を理由に長く待たされた。

被疑者を守るために、弁護士の接見はよほどのことがない限り、制限されるべきではない。

何度か抗議をし、埒《らち》があかないので担当の検事から警察に接見を許してもらうように電話を入れた。

その効果があったのか、今川巡査部長がやって来た。

だが、接見の許しではなかった。

「申し訳ありません。もうしばらく待っていただけますか」

「いったい、何があってこんなに待たせるのですか。接見は被疑者の権利として……」

「鶴見先生」

今川巡査部長が京介の声を遮って、

「じつは、大峰が自供をはじめたのです」

「えっ？」

京介は耳を疑った。

「今、急遽《きゆうきよ》、自白調書をとっているところなのです」

「まさか」

京介は唖然とした。

「何があったんですか」

「大峰のアリバイがまたも崩れたのですよ」

今川は冷笑を浮かべた。

「どうして？」

「昭和通りから江戸通りを歩いていたという最初の言い訳が嘘だとわかったあと、今度は上野の池之端仲町の通りで若い女の子に声をかけられていかがわしい店に行ったと言うので、あの界隈で聞き込みをしましたが、誰も大峰に声をかけた客引きの女の子はいなかったんですよ。そのことを突きつけると、しばらくして、私が殺《や》りましたと自供をはじめたのです」

「………」

「そういうわけですので、調書を取り終えるまでお待ちください」

「待ってください。調書をとる前に接見を」

「もうすぐ終わるはずですから」

今川は突っぱねるように言った。

接見が許されたのは、それから二十分後だった。

「大峰さん、自白したというのはほんとうなんですか」

「すみません。ほんとうは私が殺したのです」

「どうして今になって？」

「やっぱり、嘘は通じなかったんです」

「上野で客引きの女の子に誘われたというのは嘘だったのですか」

「はい」

「そんな嘘、いつかばれるとは思わなかったのですか」

「…………」

「あなたが殺したのなら凶器の刃物はどこで手に入れ、どこに処分したのですか」

「妹が使っていたものです。それで、妹の仇をとりました」

「で、どこに処分を？」

「事件の翌日、錦糸町駅前の交差点に停まっていた、産業廃棄物を運ぶ車の荷台に投げ込みました」

「会社の名は？」

「覚えていません」

「警察にそのように話したのですか」

「話しました」

「それだけでは、刃物がどこに運ばれていったのかわかりませんね」

「…………」

「あなたは、それを狙って産業廃棄物の車を持ち出したのではありませんか」

「違います」

大峰は力のない声で言う。

「大峰さん。あなたは私にも何か隠していますね」

「いえ」

「ほんとうは誰かといっしょだった。だが、そのことを言えない事情があるのではありませんか」

京介は問い詰めるように言う。

「そんなことありません」

大峰は俯いた。

「では、誰かをかばっているのではないですか」

「違います」

「大峰さん。私の目を見て答えてください」

「…………」

大峰は顔を上げた。

「あなたは五年前の事件で死んだ立川まゆさんの友人の近藤逸美さんに会いに行きましたね。そのとき、近藤逸美さんは立川まゆさんを殺したのは河原真二に間違いないと言い、さらに妹さんを殺したのも河原真二だと、あなたに訴えましたね」

「そうです」

「あなたは、近藤逸美さんが河原を殺したと思っているのではありませんか」

「そんなこと思っていません」

「ほんとうですか」

「ええ」

「まさかとは思いますが、近藤逸美さんをかばって自分が罪をかぶろうとしているわけではないのですね」

「違います」

大峰は京介の目を見て答えた。

「そうですか。念のために言っておきますが、河原を殺したのは近藤逸美さんではありません」

「わかっています」

案外とはっきりした口調だった。

「誰かをかばっているわけではないのですね」

「誰もかばっていません」

京介は大峰をじっと見つめ、

「やはり、あなたは事件当夜、どこにいたのか言えない事情があるのではありませんか」

と、切り出した。

「違います」

「二度も作り話をしたのは、会っていた相手を隠したかったからではないのですか」

「私が殺したことに間違いありません」

大峰の表情は強張《こわば》っていた。

「あなたが会っていた相手は、あなたといっしょにいたことを知られると拙《まず》い……」

「違います」

京介の声を遮って叫ぶ。

「大峰さん。このままではあなたは殺人の罪で裁かれることになるのですよ。それでもいいのですか」

「自分がやったことの責任は自分でとります」

「そういう考えなら、なぜ最初は犯行を否認したのですか」

「………」

「大峰さん。あなたは罪を犯していません。そうではありませんか」

「いえ、私がやりました」

「わかりました。また、明日参ります。それまで冷静になって考えてください。あなたが、ほんとうに殺人を犯し、罪を認めるならば、情状酌量に向けた弁護に切り替えなければなりません」

今追及しても、大峰の考えは翻るまい。今夜一晩ゆっくり考えれば、また違った結論を出すかもしれないと期待した。

接見室を出てから、京介は今川巡査部長に会った。

「大峰和人が急に自白をはじめたきっかけはなんだったのですか」

「上野で客引きの女の子に誘われた件が嘘だと問い詰めたからです」

「嘘だとすぐ認めたのですか」

「認めたそうです」

「それから、すぐ自白をしたのですね」

「そうです。あっ、すぐにではなく、少し押し黙っていたので、取調官がまた今度はどんな言い訳をするのだと。まさか、人妻と不倫をしていたという言い訳をするんじゃないだろうなと言ったら、しばらくして自白をしたと聞きました」

「人妻と不倫ですか」

京介はそのことかもしれないと思った。

大峰は事件の夜、人妻と会っていたのだ。だから、別のアリバイを主張した。しかし、いずれも崩された。

警察は今度は不倫を言い訳にする気かと迫った。このままでは、不倫のことが明るみになってしまうかもしれない。そう思った大峰は不倫相手を守るために自分を犠牲にした。

そう考えれば、大峰の態度の変遷が理解出来る。もし、相手の女性を守るためだとしたら、大峰の決心は覆《くつがえ》るまい。

四谷中央署を出て、駅まで歩きながら大峰の相手の女性を考えた。そして、ある女性の顔が思い浮かんだ。

午後になって、京介は都営新宿線森下駅近くのカフェに入っていった。

待ち合わせは先日と同じ店である。店内を見回したが、まだ秋山かおりは来ていなかった。

ウエートレスにコーヒーを頼んだ。

秋山かおりがやって来たのはコーヒーが届いたのと同時だった。

「私もコーヒー」

かおりはウエートレスに注文して、

「話ってなんですの」

と、改めて京介の顔を見た。

「じつは、大峰さんが河原真二殺しを自白しました」

京介は声を抑えて言う。

「えっ……」

　かおりは絶句した。

「大峰さんは最初から犯行を否認していました。ところが、事件夜のアリバイで、二度偽りを言いました。なぜ、大峰さんはほんとうのことを言えなかったのか。あなたはご存じではありませんか」

「なぜ、私が……」

「最初、大峰さんの口からあなたの名が出るまで、ちょっとした間があったのです。そのときはさして気にしなかったのですが、その後、あなたが差し入れのことや大峰さんを気遣う様子や、大峰さんがあなたへの……」

「やめてください」

　かおりはぴしゃりと言った。

「まるで、私が大峰さんと関係があるみたいではありませんか」

「違いますか」

「違います」

「そうですか」

　かおりの卵形の小さな顔を見つめ、

「大峰さんはこのまま自分がやったことで押し通すつもりです。このまま行けば、大峰さんは殺人の罪をかぶることになります」

「……………」

「大峰さんが他人には言えない女性と付き合っているのは間違いないような気がするのです。あなたではないとしたら、他に誰か心当たりはありませんか」

「ありません」

「私の早とちりのようでした。すみませんでした」

納得したわけではないが、京介は謝った。

「いえ」

かおりは言って、

「もういいかしら」

と、バッグを開き、財布を出した。

「コーヒー代です」

そう言い、かおりは立ち上がり、さっさと逃げるようにドアに向かった。

コーヒーを運んできたウエートレスが困惑している。

「置いといてください」

京介は言い、改めてかおりの態度を訝《いぶか》った。

かおりは大峰加奈の友人だ。加奈が亡くなった件で、大峰とかおりは会う機会が多かったのではないか。

いつしかふたりがお互いに好意を持ちはじめたとしても不思議ではない。

だが、かおりは結婚している。不倫をしていたことは隠さねばならない。

仮に、かおりが不倫を認めたとして、自分に何が出来るだろうかと京介は思いを巡らせた。

かおりに警察に行き、大峰のアリバイを証明して欲しいと頼むのか。その場合、彼女の夫に大峰との不倫がばれてしまうだろう。離婚に発展するかもしれない。彼女の人生を変えてしまいかねない判断を迫るのか。

依頼人の無実を証明するためには、ひとりの女性の運命をねじ曲げてもいいのか。

いや、大峰和人はかおりを守ろうとしているのだ。依頼人の利益を守ることが弁護士の使命なら、大峰の意に反することはすべきではない。

アリバイ以外のことで、大峰の無実を証明する。自分に求められているのは、それなのだと京介は自分に言い聞かせた。

ただ、大きな壁が出来た。かおりを守るために、大峰は犯行を自白しているのだ。まず、自白を覆させなければならない。

京介はかおりが手をつけなかったコーヒーを飲みほしてから立ち上がった。

翌二十九日、「昭和の日」で休日だ。京介は四谷中央署に行き、大峰和人と接見をした。

「大峰さん。自白をした件、考え直してくれましたか」

京介は切り出す。

「いえ。先生、もう結構です」

大峰はまっすぐ顔を向け、

「妹の仇をとれたのです。それだけで満足です」

と、悟ったような表情で言う。

「大峰さん。事件の夜、あなたは秋山かおりさんといっしょだったのではありませんか」

「………」

大峰は少しうろたえたようだが、

「彼女とはそんなんじゃありません」

と、強い口調で言う。

「秋山かおりさんの名を出さないように弁護をします。だから、いっしょに無罪を勝ち取るように頑張りませんか」

京介は大峰を励ます。

「先生、もういいです。疲れました。警察は私が考えた以上に執拗《しつよう》です。私が否認を続ければ、いろいろなひとに迷惑がかかってしまいます」

「どういうことですか」

京介は訝りながら、

「警察はひょっとして、あなたと秋山かおりさんの共犯の可能性を疑っていると言うのですか」

「…………」

「そうなんですね。これ以上、あなたが否認を続ければ秋山かおりさんに迷惑がかかる。だから、罪を認めたのですね」

「河原を殺したのは私です」

大峰は言い切った。

「先生に嘘をついて無実の弁護をしてもらおうとしましたが、もう限界です」

「大峰さん。あなたはそれでいいのですか。二度と、秋山さんに会えなくなるのですよ」

「仮に私が無実になっても、もう……」

大峰は言葉を切った。

「もう、なんですか。秋山さんとは会えないと？」

「…………」

大峰は辛そうに顔を歪《ゆが》めた。

「大峰さん。私は諦めません。あなたは河原を殺していません」

「先生。お願いです。もう私のことは何もしなくて結構です。その代わり、妹の死の真相を調べていただけませんか。そして、私の裁判で、妹が河原真二に殺されたのだということを訴えていただけませんか」

「大峰さん」

「弁護料は私の通帳と印鑑を使って引き出してください。お願いいたします」

大峰は頭を下げた。

決意は固い。京介は言葉を失って唖然としていた。

5

翌三十日、事務所に出た京介は柏田弁護士の執務室を訪れた。

「先生、よろしいでしょうか」

「うむ」

執務机に向かっていた柏田は書面から顔を上げ、

「そこに座りたまえ」

と、応接セットを目で示して言った。

「はい」

京介はソファーに腰を下ろす。

柏田は執務机から離れ、真向かいに座った。

「なんだね」

柏田が促した。

「大峰和人なのですが」

大峰和人が河原真二を殺した疑いで逮捕され、その弁護をしていることはすでに報告してあり、河原真二が半年前の大峰和人の妹加奈の死に深く関わり、さらに五年前には殺人容疑で捕まったが裁判で無罪になっていることは、柏田にも報告してあった。

「急に自白をしました」

「自白をした？」

柏田も驚いたようだった。

「はい。本人は否定していますが、大峰は妹の友人の秋山かおりと親しくしているようで、犯行の当夜も秋山かおりとどこかで過ごしていたようです。したがってアリバイはあるのですが、秋山かおりは人妻なんです。つまり、大峰は不倫をしていたのです。アリバイを主張すると不倫がばれ、秋山かおりに迷惑がかかるので、大峰はほんとうのことを言えないのかもしれません」

京介はさらに続ける。

「このまま否認を続けていると、警察は大峰と秋山かおりの関係を突き止めそうだと警戒し、彼女を守るために自白をしたのだと思います。それで、大峰から今後は無罪を勝ち取るための弁護活動はしなくていいから、妹の死の真相を探ってもらいたいと頼まれました。そして、自分の裁判で、加奈が河原真二に殺されたことを明らかにしてもらいたいと頼まれました」

「なるほど」

柏田は頷いた。

「大峰は無実です。それなのに、その弁護をしなくていいと言われたのです」

「解任されたわけではないのだね」

「はい。代わりに、妹の死の真相を調べて欲しいという依頼です」

「君はどうしたいのだ？」

「もちろん、大峰の無実を晴らすために」

「しかし、本人はそれを望んでいない」

「はい」

「裁判は、依頼人と弁護人の意思の疎通がなければうまくいかない。時間をかけてでも大峰を説き伏せるのだ。そして、依頼された妹の死の真相を調べることに精力を傾けたらどうだ。仮に真相を突き止められなくても、何か新たな発見があるかもしれない。そして、君が真相を突き止めようとする姿勢を見せれば、大峰の気持ちも変わるかもしれない」

「わかりました。そうします」

京介が力強く言うと、

「君は最初からそのつもりだったのだろう」

と、笑った。

「ただ、私に背中をちょっと押して欲しかっただけだ。違うか」

「いえ……」

「まあいい。君が信じた道を行きたまえ」

「はい。ありがとうございます」

「じつは、私にも同じような経験があるのだ」

「………」

京介はまじまじと柏田の顔を見た。

「ある依頼人が真犯人をかばっていることがわかった。だが、依頼人は自分が犯人だと言い張った。私は真犯人を告発すべきか、それとも依頼人の頼みを聞き入れるべきか悩んだ。そのとき、浦松弁護士に相談したのだ」

「浦松先生に……」

京介は目を見張った。

「浦松弁護士はこうおっしゃった。君が思っている人物がほんとうに真犯人かどうかどうしてわかるのだとね。下手《へた》をしたら、弁護士が新たな冤罪を生んでしまいかねない。そういう問題が起きるのは依頼人との信頼関係がまだ築けていないからだ、と言われたのだ」

大峰から信頼されていないということだと、京介は反省した。


翌日、きょうから五月だ。京介は足立区千住大橋《せんじゅおおはし》にある河原真二の兄の家を訪れた。兄は今、定食屋をしている。

電話を入れておいたので、すぐ兄の真一は会ってくれた。夕方まで休憩時間なので、店に客はいなかった。

名刺を出し、挨拶を終えてからテーブルをはさんで向かい合った。兄の真一は色白の温和そうな顔をしていた。

「真二さんのことで少しお話をお聞かせ願いたいのですが」

京介は口を開く。

「どんなことでしょうか」

真一は戸惑い顔で言う。

「真二さんは劇団に入って役者を目指していたそうですね」

「さあ、本気だったかどうかわかりません。いえ、最初はそのつもりだったんでしょうけど、才能がないことに途中で気づいたんじゃないでしょうか」

真一は寂しそうに言う。

「でも、役者を目指していたから就職もせず、アルバイトで?」

京介は確かめる。

「いや、恥ずかしい話ですが、女に養ってもらっていたんじゃないですか。最近はありませんでしたが、以前はときたまここにも金を借りにやって来ました」

「以前と言いますと、いつごろまで?」

「五年以上前ですね。女から金をとれないと、うちに無心にくるんですよ。おふくろがこっそり渡していたようです」

真一は顔をしかめた。

「五年前というと、真二さんが事件に巻き込まれた頃ですね」

「そうです」

「それからは、ここにはお金を借りに来なかったのですか」

「一度も来ません。お金を工面出来る女が見つかったのでしょう」

それが大峰加奈だろう。しかし、加奈と知り合ったのは三年前だ。五年前の裁判のあとの二年間にも別の女がいたのかもしれない。

「裁判が終わったあと、真二さんとはお会いには？」

「ありません。一度も会わないまま殺されてしまいました」

真一はやりきれないように言ってから、

「真二を殺したのは真二が付き合っていた女性の兄だそうですね」

「まだ、そうだと決まったわけではありません」

「先生はその男の弁護をしているわけですものね」

「ええ。弁護をしているから言うわけではありませんが、犯人は別にいると思っています。真二さんともめていたような人間に心当たりはありませんか」

「ありません。真二がどういう人間と付き合っていたか、まったくわかりません」

「そうですか」

京介は間をとってから、

「真二さんの友人をどなたかご存じですか」

と、きいた。

「いえ。ここにいる間、友達を連れてきたことはありません」

「真二さんは四谷三丁目のマンションに住んでいたのですが、家賃はずいぶん高いと思います。その余裕はあったのでしょうか」

「あのマンションは事故物件なので安く借りられたと言ってました」

「事故物件ですか」

「ええ、それも前の住人が自殺で、それ以前には心中事件があったとか。そんな部屋は薄気味悪くないのかときいたら、まったく気にならないと言ってました」

「真二さんの葬儀は?」

「家族だけで行いました。真二の交友関係も知りませんし、最近は無職でしたから仕事関係の人間もいませんし」

ふと、真一は思い詰めた目をして、

「真二を殺したとして捕まっている男は、何と言いましたっけ?」

と、きいた。

「大峰和人です」

「そのひとの妹と真二は付き合っていたのですね」

「そうです。その妹は半年前に、四谷三丁目のマンションの非常階段から転落して死亡しました」

「…………」

「いちおう、自殺として処理されたそうです」

「五年前と同じですね」

真一はぽつりと言う。

「はい。真二さんが付き合っていた女性は五年前に青酸カリを飲んで死にました。自殺ということになりました」

「………」

真一は遠くを見る目つきをした。

やがて、真一はぽつりと言った。

「ふたりも自殺しているなんて」

「五年前の裁判は傍聴されたのですか」

「しました」

「では、浦松弁護士とはお会いに？」

「ええ、お会いしました。心配しなくてだいじょうぶですよと、おふくろに話していました。浦松弁護士は真二のことを信じているのがよくわかりました」

「そうですか、信じていたのですか」

「ええ、でもそのとき、改めて真二の恐ろしさを知りました」

「どういうことですか」

京介は聞きとがめた。

「真二は顔立ちもいいので、見かけは誠実そうな男に見えるのです。それで、女も引っ掛かるんです。あの弁護士さんも真二の虚像を見ているんじゃないかと思いました」

「まさか、あなたは真二さんを疑っていたのでは……」

「ええ、被告人席にいる真二はときたま口元にあるかないかの笑みを浮かべていたんです。あれは、真二が嘘をついているときに見せる癖です。子どもの頃から変わってないんです」

「真二さんは嘘をついていたというのですか」

京介は胸が騒いだ。

「何を嘘ついていたのかわかりませんが、嘘をついていることがあったと思います」

「以前に何かそのようなことがあったのですか」

「高校のとき、台風が襲った日、真二は風雨の激しい中を出かけていったんです。一時間ほどで帰ってきました。翌日、若い男が水嵩の増した川で死んでいるのが発見されました。死んだのは中学時代から真二ともめていた男でした」

「………」

「近所のひとが若い男がふたり、川のほうに行くのを見ていたんです。ちょうど、真二が外出した時間帯でした。真二に川に浮かんだ男のことを話し、いっしょじゃなかったのかときいたら、違うと、普段と変わらぬ表情で言ってました。ところが、微かに口元にあるかないかの笑みを浮かべたんです。そのときと同じ笑みを法廷で浮かべていました」

「あなたは真二さんをどう見ていたのですか」

「我が弟ながら無気味でした。だから」

真一は言葉を切ったが、すぐ続けた。

「死んでくれてよかったと思っています。もし、大峰和人というひとが殺してくれたのなら感謝したい気持ちで一杯です」

言葉とは裏腹に、真一の顔は悲痛に歪んでいた。


千住大橋駅から京成電車に乗って上野に向かったが、京介は真一の言葉が脳裏から離れなかった。

真一だけが知っている河原真二の口元に浮かぶあるかないかの笑みが気になってならない。真一は弟がひとを殺したとしてもさして意外とは思わないようだ。

河原真二のことをもっと知りたい。河原は高校を卒業後、江戸川区にある塗装会社に入った。そこで劇団員の男と出会ったことから自分も劇団に入ったのだ。この男に会ってみたいと思った。

上野に着いて、銀座線に乗り換える途中、事務所で雇っている調査員の洲本功二《すもとこうじ》の携帯に電話をかけた。

虎ノ門の事務所に戻って、しばらくしてから洲本がやって来た。元刑事だが、銀行員のように人当たりがいい。

「さっそく来ていただいてすみません」

京介は執務室に迎え入れた。

テーブルをはさんで向かい合う。事務員がコーヒーを淹《い》れてもってきた。

「すみませんね」

洲本が笑みを浮かべて言う。

コーヒーを飲みながらの世間話が終わると、京介は河原真二の事件について概略を語ってから、

「これに目を通してください」

と、河原真二に関わる被告事件の冒頭陳述書の写しを見せた。

——都立高校を卒業後、江戸川区にある塗装会社に就職し、一年足らずの勤務。その間、劇団に入って俳優を目指している同僚男性と出会い、その男に誘われて同じ劇団に……。

「河原真二を劇団に誘ったこの男性に会いたいのです。ただ、この男性もすでに会社を辞めている可能性もあります」

「わかりました。さっそく」

洲本は引き上げた。

ふと浦松弁護士も真二の虚像を見ていると言った真一の言葉が脳裏を過った。浦松も河原真二に騙されていたのだろうか。

浦松はきょうはどの辺りを歩いているのだろう。菅笠をかぶった白装束の浦松がひたすら歩いて行く姿が目に浮かんでいた。

第三章　指　紋

1

五月二日の土曜日、京介は大峰和人と接見室で向かい合った。

表情から生気がなくなっていた。自分の人生を捨てたように見えた。

「取調べの様子は？」

「もう何も問題はありません」

「問題ないというのは？」

「…………」

「取調官の言うがままに供述をしているということですね」

「いえ、自分の考えからです」

「凶器の処分について、警察はどういう反応をしましたか」

「産廃業者を探しているみたいです」

錦糸町駅前の交差点で、赤信号で停まっていた産業廃棄物を運ぶトラックの荷台に放り投げたというのは、産業廃棄物を運ぶトラックを見かけたことを思い出して、とっさについた嘘であろう。

凶器が見つからずとも検察は起訴するだろう。産業廃棄物の中に紛れてしまい探し出せなかったということは十分に考えられるからだ。

大峰の覚悟は変わらないことがはっきりわかったが、京介は自分なりの弁護を続けていくつもりだ。

「妹の加奈さんの件は、五年前の立川まゆさんが死んだ事件とよく似ていました。共に自殺という結論も同じです」

「ふたりとも奴《やつ》が殺したんです」

大峰が吐き捨てる。

「河原真二の兄の真一さんに会ってきました。真一さんは弟の異常性に気がついていたようで、いろいろ話してくれました」

「実の兄も、そう見ていたのですか」

大峰は厳しい顔になり、

「私も河原真二と話していて、端整な顔立ちなのに何か無気味な感じがしました。冷酷そうな目のせいだけではありません。あの男はまともではありません」

と、感情を露にした。

「ただ、警察が加奈さんが自殺したと考えたのは、四谷三丁目のマンションに河原真二に会いに行っているからなんです。別れたがっていたのに、なぜわざわざマンションに行ったのか。何か想像出来ることはありませんか」

「いいえ。ただ、河原真二のマンションに何か大事なものを置いたままだったので、それをとりに行ったのだと思っています。それが何なのかわかりません」

大峰は首を横に振った。

「河原の部屋に女性がいたようです。加奈さんはその女性のことを知っていたんでしょうか」

「加奈とは、たまにしか会っていなかったのでわかりません」

「秋山かおりさんは何か知っているかもしれませんね」

わざと、名前を出した。

大峰は明らかに動揺した。

「このあと、秋山さんに会いに行くつもりです。何か言伝《ことづ》てでも？」

「いえ」

大峰は俯いた。

「大峰さん。もし、あなたが秋山かおりさんと親しい関係にあって、事件当夜、ふたりがいっしょ……」

「やめてください」

大峰は強い口調で制した。

「私と彼女とはなんでもないんです」

「それならいいのです。ただ、もし事件当夜、ふたりがいっしょだったら、この先、秋山かおりさんはずっと苦しみ続けることになる。そんなことを心配したのですが、関係ないならよかったです」

「苦しみ続けるってどういうことですか」

大峰は反応した。

「事件当夜、あなたと秋山かおりさんがいっしょにいたと仮定した場合のことですが、秋山かおりさんはあなたの無実を証明出来る立場にいながらご主人に知られるのを恐れて、口をつぐんだ。そのために、あなたは殺人罪で裁かれる。このことに一生涯、彼女は苦しみ続けることになるでしょう」

「…………」

「あなたが彼女を守るために罪を受け入れたのだとしても、結果的にはそのことがかえって彼女を苦しめてしまうのです」

大峰は唇をかみしめている。

「もっとも、彼女が自分第一の人間なら、そんなことになっても平然としていられるでしょうが」

あえて大峰に不安を与えたあとで、

「では、これから秋山さんに会ってきます」

と言い、京介は立ち上がった。

「先生」

大峰は訴えるように、

「秋山さんに、妹と仲良くしてくれて感謝していると言ってください。それから、妹の分までも仕合わせにと」

「大峰さん。あなたはやはり……」

「お願いいたします」

大峰は大きな声で言って頭を下げた。

京介はこれまでと同じ森下駅近くのカフェに行くと、すでにサングラスをした秋山かおりが来ていた。

内装も調度も白で統一されているが、彼女はその中に溶け込むかのように白い洋服だった。

「すみません。たびたび」

京介は向かいに座った。

京介を避けるかもしれないという心配もあったが、秋山かおりにしたら大峰和人の様子は京介から聞くしかないのだ。

「加奈さんの件で、ちょっともう一度お訊ねしたいのです」

「なんでしょう」

彼女はサングラスをしたままだ。

「加奈さんが河原真二のマンションに行った理由なのです。なぜ、加奈さんは河原に会いに行ったのか」

京介は身を乗りだし、

「たとえば、河原の部屋に自分の大事なものを置きっぱなしにしていたとか」

と、考えの手助けになるようなことを告げる。

「大事なものはとっくに引き上げていたはずです」

「河原の部屋に女性がいたそうです。加奈さんはその女性のことを知っていて……」

「そんなはずはありません」

「だったらなんでしょうか」

「わかりません」

「加奈さんがわざわざマンションに行ったためにまだ未練があるのだと、河原に付け入る余地を与えてしまったのです。新しい恋人も出来、別れるつもりだったのに、なぜ加奈さんは河原のマンションに行ったのか。行くだけの理由があったはずです」

「………」

かおりは首をひねった。

「河原から呼びつけられたとしても無視すればよかったはずです。それが出来なかったのはなぜか」

京介は疑問をぶつけるが、かおりは何も思いつかないようだった。

「加奈さんから聞いた河原に関することで、何か気になるようなことはありませんでしたか」

「さあ」

彼女は首を傾《かし》げた。

「もし、何か思いついたらお知らせください。どんな些細なことでも」

「わかりました」

「それから、加奈さんは中山祐司さんとは真剣なお付き合いを望んでいたのですか」

「そうです」

「中山さんと河原真二のふたりの間で気持ちが揺れ動いていたことは？」

「それはありません。河原にまったく未練は持っていなかったことは、私が断言出来ます」

「そうですか」

京介は応じてから、

「あと、大峰さんから言伝てを預かってきました」

彼女の目が輝いたようだ。

「妹と仲良くしてくれて感謝している。妹の分までも仕合わせにと」

「………」

彼女は戸惑ったようだった。

「どういう意味かおわかりですか。なんで、今頃妹さんのことを言い出したのだと思いますか」

「いえ」

「おそらく、妹さんに託《かこ》つけての、大峰さんからあなたへのメッセージでしょう」

「私へのメッセージ？」

「そうです。今まで付き合ってくれて感謝している。これからは俺のことを忘れ、仕合わせになってくれと」

「………」

「つまり、このまま自分が罪を受けても、気にするなということです。あなたが、あとで大峰さんを助けなかったことで自分を責める必要はないと、あなたに伝えているのではありませんか」

「あっ」

彼女は短く叫んだ。

「あなたへのメッセージと同時に私へのメッセージだったかもしれません。私に、あなたを責めるなと。彼女の仕合わせを壊すような真似《まね》をしないでくれというメッセージです」

「大峰さん、どうなるのですか」

「すでに罪を認めています。いずれ起訴されるでしょう。あとは裁判で、どれだけ情状酌量を勝ち取れるかということになりましょう」

京介は腰を上げた。

「これで、私のほうからあなたに連絡をとることはありません。失礼します」

京介は伝票を掴んでレジに向かった。

カフェを出てから、京介はまっすぐ虎ノ門の事務所に戻った。

十三時前ぐらいに、京介は大手町の旅行会社に勤める中山祐司の携帯に電話を入れた。

「弁護士の鶴見です。今お忙しいでしょうか」

「いえ。なんでしょう」

「加奈さんのことで。いえ、電話ですみます」

「わかりました。どうぞ」

「この前、中山さんも気にしていらっしゃった、加奈さんがなぜ河原のマンションに出かけていったのかということです」

「…………」

「あなたは、加奈さんはまだ河原に未練があったのではないかとおっしゃっていましたが、加奈さんの友人の話では、加奈さんは河原にまったく未練はなかったそうです」

「それはほんとうですか」

「加奈さんのお兄さんもそうおっしゃっていました。間違いないと思います」

「じゃあ……」

「ええ。なぜ、河原のマンションに行ったのか。加奈さんは沈んでいたとおっしゃっていましたね」

「ええ、河原と私との関係で悩んでいたのかと思っていました」

「そうではなかったのです。だとしたら、加奈さんは何を悩んでいたのでしょうか。そのことを、もう一度考えていただけませんか。どんな些細なことでも思いついたことがあったらお知らせください」

「はい。もう一度、思い出してみます」

電話を切ったあと、携帯に洲本から連絡が入った。

「例の男が見つかりました」

「ほんとうですか。さすが、早いですね」

京介は驚いて言う。

「いえ、たいしたことではありません。今、どちらに?」

「事務所です」

「きょう出ていらっしゃるのですか」

「ええ」

「では、これからお伺いしてよろしいでしょうか」

「ええ、お待ちしています」

「三十分後には着くと思います」

電話を切って、ちょうど三十分後に洲本がやって来た。

執務室のテーブルをはさんで向かい合い、すぐに洲本は切り出した。

「男は富島哲太《とみしまてった》と言い、河原真二のふたつ上でした。富島も河原が辞めた二年後に塗装会社を辞めていました。その後、いくつか職を変え、今は銀座のバーでバーテンをしています。劇団にはまだ所属しているようです」

「助かりました」

「河原とはそれほどの深い付き合いはなかったそうです」

「そうですか。でも、念のために会ってみます」

「ご案内しましょうか。八時に店を開けるそうですが、七時過ぎには店に出て支度をしているそうですから」

「きょうもやっているんですか」

「ええ。明日から六日までゴールデンウイークの休みに入るそうですから、行くなら今夜ですね」

「案内、お願い出来ますか」

「わかりました。数寄屋橋の近くです。泰明《たいめい》小学校の前で七時に待ち合わせではいかがでしょうか」

「わかりました」

洲本が引き上げたあと、京介は改めて、「河原真二に関わる殺人被告事件」の資料を広げた。

七時近くになって、京介は事務所を出て銀座に向かった。

泰明小学校の前に、すでに洲本が待っていた。

「こっちです」

小さなビルが建ち並び、どのビルにもたくさんの飲食店の看板が明るく輝いている。洲本は小さなビルの狭い階段を下りて行った。

下り切ったところに黒い扉があった。まだ、灯は点いていない。

洲本が扉を押すと、静かな店内は照明も暗かった。カウンターの中で、赤いベストに蝶《ちょう》ネクタイのバーテンがグラスを拭いていた。

「どうも」

バーテンは洲本を見て挨拶をした。

「なかなか、いいお店じゃないですか」

洲本は声をかけ、

「こちらが昼間話した鶴見弁護士です」

と、京介を紹介する。

「鶴見です」

京介は名刺を差し出す。

「はあ」

富島哲太は戸惑いぎみに名刺に目を落とした。

「河原真二さんのことでおききしたいのですが、あなたは塗装会社で一緒だったそうですね」

京介はさっそくきいた。

「ええ。三年後輩でした」

「あなたとは親しかったのですか」

「一緒のチームで仕事をしていましたけど、親しいと言えるかどうかはわかりません。河原は見かけは穏やかですが、決して心を許さないような偏屈な性格でしたから、どこまで彼のことがわかっていたかは疑問ですけど」

「劇団に誘ったそうですね」

「ええ。芝居の話をしたら興味を示したので劇団の公演に誘ったことがあるんです。公演を観《み》たあと、自分もやってみたいというので幹部に紹介したんです。ですから、私が誘ったのではなく彼のほうが積極的だったんです」

「で、役者としてはどうだったのですか」

「あまり……」

「何かトラブルがあって劇団をやめたそうですね」

「ええ」

「何があったんですか」

「ふたりの劇団員の女性に手を出して劇団の幹部の怒りを買ってやめさせられたのです」

「やはり、女性問題ですか」

「ええ、驚くぐらい手が早いですからね」

「具体的には何があったんですか」

「最初に彼と付き合っていた女性が自殺未遂を……」

「自殺……」

ここでも、女性が自殺を図っている。

「ほんとうに自殺だったのですか」

「そうです。睡眠薬を多量に飲んだんです。幸い発見が早く一命をとりとめましたが、遺書に河原のことが書いてあったそうです。それで、ふたりの女性に手を出していたことがわかったんです」

「あなたは、劇団をやめたあとの河原と付き合いはあったのですか」

「何度か、電話がかかってきて会いました。そのうちの二度は女性連れでした。いずれも違う女性でした。自分は役者志望だということを女性にわからせるために、劇団にいる私を利用していたんでしょう」

「そのふたりの女性の名前を覚えていますか」

「覚えています。立川まゆさんです」

「五年前の事件で亡くなった……？」

「そうです」

「その事件のあと、河原から連絡は？」

「ありません」

「女性にはもてたんですね」

京介は気を取り直してきいた。

「役者志望で人当たりのいい二枚目ですからね。口説かれれば、女性はすぐなびいたんじゃないでしょうか」

富島は顔をしかめる。

「女性とはどのような付き合いをしていたのかわかりますか」

「金を貢がせるために付き合っていたとしか思えません。だから、私は自然と彼から遠ざかったのです」

「五年前の殺人事件ではあなたのところに警察は？」

「ええ、話を聞きに来ました。でも、一度だけです」

警察は富島から話を聞いただけで、供述調書にしたわけではなかったのだ。

「河原が連れてきた女性のひとりが立川まゆさんでしたが、もうひとりとも会っているんですね。その女性の名前はわかりますか」

「いえ。立川まゆさんはあの事件があったので思い出したのです」

「そうでしたか」

京介は頷いてから、

「河原と付き合っていた劇団員の女性とは連絡がとれますか」

「いえ。ただ、ひとりはときたまここに来ます」

「客で？」

「そうです」

「どちらのほうですか」

「自殺未遂をした女性です。名前は大沼《おおぬま》祥子《しようこ》さんです」

「連絡先はわからないのですね」

「はい。わかりません」

「もし、今度見えたら、連絡先をきいておいていただけませんか」

「その話題に触れられたくないと思いますが。私もその話をしませんから」

富島は女性を慮《おもんぱか》って言う。

「そうですね。わかりました。無理には結構ですので」

「話だけはしておきます」

従業員が出勤してきた。それを潮《しお》に礼を言って引き上げた。

「洲本さん。ありがとうございました」

「なに、仕事ですから」

「洲本さん、夕飯は？」

「まだですが」

「どこかで食べていきませんか」

「そうしましょうか」

「どこかご存じですか」

「老舗の蕎麦屋《そばや》があります。おつまみもいろいろありますので」

洲本が提案した。

「いいですね、そこにしましょう」

そこからほど近くにある蕎麦屋で、日本酒を呑みながら、

「もうひとり、探していただきたいのですが」

と、京介は口にした。

内容は後日、事務所で話すことにして、あとは洲本と酒を酌み交わした。

洲本は酒が強かった。銚子《ちょうし》のお代わりをしたあと、

「洲本さんはなぜ警察を辞めたのですか」

と、京介はきいた。

「いろいろありましてね」

洲本は表情を曇らせた。

「すみません。よけいなことをおききして」

「いえ。今度ゆっくり聞いていただきますよ。家内と別れたわけと一緒に」

洲本は笑みを浮かべた。だが、どこか寂しそうな目をしていた。ひとそれぞれに人生があるのだと、京介は改めて思った。

2

翌朝、京介は事務所に出た。

五月三日、ゴールデンウイークでも、留置されている大峰和人のことを考えるとのんびりしていられない。

逮捕されて十一日経つ。二十日間の勾留期限が間近に迫っている。大峰は罪を認めているので、さらに勾留期限を延長することなく、検察は起訴に踏み切るだろう。

凶器が発見されないことが検察側の弱点だとしても状況証拠で十分に犯行を立証出来ると自信を持っているようだ。

執務室の椅子に腰を下ろしたときに事務所のドアが開く音がした。驚いて、執務室を出た。

柏田が現われた。いつものスーツではなく、カジュアルなセーターを着ている。

「先生、いらっしゃったんですか」

「うむ。君が事務所に出ると聞いていたので、ちょっと寄ってみたんだ」

これから、どこかへ出かけるらしい。

「何か」

「ちょっと来てくれるか」

柏田が誘った。

京介が執務室に入り、応接セットのソファーに向かおうとすると、

「その椅子をここに」

と、柏田は机の横に座るように言った。

京介は机の横に椅子を引いた。

柏田はパソコンの電源を入れ、キーボードを操作している。

「これを見てくれ」

柏田はパソコンの画面を京介に向けた。

一時停止の動画が映し出されていた。

「これは……」

京介は目を瞠《みは》った。寺の門が映っている。両脇に仁王が立っている仁王門ではない。石の門柱から第十三番札所の大日寺《だいにちじ》とわかった。

「私の友人が夫婦で車で四国の八十八カ所巡りをした。その記録を動画に撮ったものだ。いずれ、ユーチューブにアップロードするつもりらしい」

「そうなんですか」

しかし、なぜわざわざ柏田がこれを京介に見せようとしたのか。

「いいかね、よく見ているんだ」

柏田が再生させた。

カメラは門を入り、本堂に向かう。ちらほら白衣の遍路の姿が見える。カメラは本堂に近づく。すると、本堂から菅笠に白装束の遍路が出てくる。擦れ違う。遍路の顔がはっきり見えた。

あっと、思わず京介は声を上げた。

「どうだ」

柏田が一時停止をした。

「浦松先生です」

「そうか、そう思うか」

「はい」

「私は偶然見て、おやっと思った。少し痩せたせいか老けて見えるが、浦松先生に似ていたので驚いた。もちろん、他人の空似ということもある。それで、君に確かめてもらったんだ」

柏田は言ってから、

「しかし、君と私がそうだと思っただけで決めつけるわけにはいかない。似ている他人かもしれない」

と、慎重になった。

「間違いありません。このひとは浦松先生です」

「言い切れるのか」

「はい。じつは」

動画に映ってしまっているのだ。隠せやしない。話してもいいだろうと、京介は解釈をした。

「先日、四国に行ったとき、偶然に遍路姿の浦松先生にお会いしたのです」

「会った？」

「はい。浦松先生は歩いて八十八カ所の霊場を巡るそうです。遍路に出ていることは内証にしてくれとおっしゃるので黙っていました。すみません」

「いや、謝る必要はない」

そう言ってから、柏田は画面に目をやり、

「やはり、浦松先生だったか」

と、感慨深そうに言った。

「奥さまが亡くなって、気力をなくされたそうです。朝起きると、いつも虚しさに襲われ、何をする気にもならなくなり、法廷に立っても以前のように奮い立たなくなったそうです。弘法大師とのふたり旅ではなく、奥さまもいっしょの三人旅だと言っておられました」

「浦松先生がそんなことを……」

柏田は驚きを隠さず、

「決して他人に弱みを見せたり、泣きごとを言うような方ではなかった」

「それだけ奥さまを亡くされたことが大きかったのでしょうか」

「奥さまの葬儀のとき、浦松先生は悄然とされていたが、気丈に振る舞っておられた。まさか、奥さまの死にそれほどショックを受けていたとは……。だが、信じられぬ」

「信じられないとは?」

京介はきいた。

「奥さまの死は確かに大きかっただろう。その喪失感に打ちのめされたかもしれない。しかし、だからといって、自分で天職と口にしていた弁護士を辞めるなんて信じられない」

「そうですね」

京介は柏田の疑問を改めてかみしめる。

「いずれにしろ、誰にも言わずに消えるようにいなくなったから、重い病気に罹《かか》ったのかと心配したが、お元気なようで安心した」

柏田は安堵のため息をもらし、

「それにしても、今は油断も隙もない時代だな。ユーチューブに上げるために動画を撮ったりするのだから。まさか。浦松先生もこのような動画が大勢のひとの目に入るようになるとは想像もしていなかっただろう」

「そう考えると、恐ろしいですね。常に誰かに見られているような感じですから」

「浦松先生が遍路を終えるのはいつぐらいだ？」

「八十八カ所の札所を歩いてまわると四十日から六十日かかるそうです。浦松先生は六十半ばですから、あまり無理はなさらないと思います。ですから、六十日前後はかかるのではないでしょうか。お帰りになるのは六月半ばだと思います」

「そうか。あと一カ月以上は歩き続けるわけか」

「それだからこそ、結願の暁には何か大きなものを得られるのでしょうね。それが何なのかわかりませんが、浦松先生はもう一度弁護士に復帰されるのではないかと思っています。期待を含めてですが」

「うむ。そうだといいが。私もそれを期待しよう」

柏田はパソコンの電源を切り、

「これから家族サービスだ。買い物につきあわなくてはならない」

と立ち上がった。

「君も少しは骨休みをしたまえ」

「はい」

蘭子の顔が脳裏を掠《かす》めた。蘭子がいたら、楽しいゴールデンウイークを迎えられただろう。

執務室に戻って、しばらくすると洲本がやって来た。

「ビルを出たところで、柏田先生にお会いしました」

洲本が言う。

「昨夜はありがとうございました」

「いえ、ご馳走《ちそう》になって恐縮です」

蕎麦屋の勘定を京介が持ったのだ。

「そんな大層な額ではありませんので」

「で、昨夜おっしゃっていた新しいひと探しですが」

洲本がさっそく本題に入った。

「半年前に四谷三丁目にある河原真二のマンションの非常階段から大峰加奈さんが転落して死亡しました。自殺とされていますが、それにしては疑問が多いのです。加奈さんが転落したとき、河原の部屋には女性がいたそうです。その女性に会ってみたいのです」

「わかりました。四谷中央署にも顔見知りの刑事がいますから名前をきき出し、居場所を探してみます」

そう言い、洲本は引き上げていった。

京介は高松の津野の携帯に電話した。

すぐ津野の元気な声が聞こえてきた。

「今、だいじょうぶですか」

京介は確かめる。

「ああ。だいじょうぶだ」

「じつは、さっき柏田先生から呼ばれ、ある動画を見せられたのです」

「動画？」

「はい。柏田先生のご友人が夫婦で車で四国の八十八カ所巡りをしたそうなんです。その模様をユーチューブにアップロードするために撮影した動画です」

「…………」

津野が黙ったのは話の内容に予測がついたからだろう。

「第十三番札所大日寺で浦松先生が偶然に映っていたんです。柏田先生が私に確かめさせたのです」

「そうか。そんなことがあったのか」

「ええ。そういうわけで、柏田先生に浦松先生にお会いしたことを話してしまいました」

京介は了承を求めるように言う。

「それは仕方ないだろう。浦松先生だってまさか動画に映っていて、それを柏田先生に見られるとは思ってもいなかっただろう」

柏田と同じような感想をもらし、

「二度あることは三度あるというから、浦松先生はまた誰かに会うか見られたりするかもしれないな。なにしろ、まだまだ先は長い。結願までひと月はかかるだろう」

と、冗談めかして言う。

「三度目は、私がなろうかと」

京介は思いつきを口にした。

「どういうことだ?」

「八十八カ所目はどこになるのですか」

「結願の寺は香川県さぬき市にある大窪寺《おおくぼじ》だ」

「結願のあと、そこの門前で迎えてさしあげようかと思ったのですが。そんなことをしたら、遍路の決まりに反してしまうのでしょうか」

「いや、そんなことないだろうが、大窪寺への到着がいつになるかわからない。それを知るためにはずっと行動を見張っていなければならないだろう。そんなことは浦松先生に失礼だし、我々だってそんな暇はない」

「そうですね」

京介も不可能なことはわかっている。それでも、八十八カ所の霊場を巡り終えたなら、何か言葉をかけてあげたいという気持ちは消えなかった。

「まあ、俺も出かけたついでに遍路さんを気にかけて見てみる。特に五月下旬から六月にかけてはな」

運がよければ浦松を見かけることが出来るかもしれない。だが、その確率はわずかしかないだろう。

電話を切ってから、ふいに柏田の言葉が蘇った。自分で天職と口にしていた弁護士を辞めるなんて信じられない。

柏田は妻の死が浦松に弁護士を廃業させたということに疑問を持っていた。

河原真二の兄真一の言葉を思い出す。浦松弁護士も真二の虚像を見ていると……。

浦松も河原真二に騙されていたのではないか。いや、騙されていたのではない。被告人の利益のために浦松は弁護をしたのだ。

浦松はかつて嘘をついているかもしれない依頼人のためにも、それに則って弁護をするのですかという誰かの問いかけに、嘘をついていれば弁護の過程で明らかになると答えていた。それでも嘘をつき通してきたらという問いに、依頼人の利益を守るのが弁護人だが、それはお互いの信頼関係があって可能になる。嘘があったら、弁護人を下りるしかないと言い切っていた。

浦松は依頼人を信頼してはじめて弁護が出来ると言っているのだ。つまり、浦松は河原真二を信用していたことになる。

だが、兄真一の言葉からすると、浦松は真二の虚像を見ていたということになる。河原真二がほんとうに無実だと信じて浦松は弁護をし、無罪を勝ち得た。だが、その後、河原真二の本性に気づいたのではないか。

つまり、五年前の立川まゆの変死は自殺ではなく、河原真二が殺したという疑いを抱くようになったのでは……。

浦松は河原真二の無罪が確定後、何かが切っ掛けで河原に疑いを持つようになったのではないか。

河原は無罪判決後、たびたび浦松の事務所に顔を出していたそうだ。仕事の世話もしてやっていたらしい。

だが、いつも河原真二は職場に馴染《なじ》めず、短期間で辞めている。そんな河原真二を見て、その人間性に疑いを持ったのではないか。

そして、五年前の事件はやはり河原真二の犯行だと確信した。そして、一年前に奥さんが亡くなって心が弱っているときに、また河原真二が付き合っていた女が変死した。自殺だとして処理されたが、浦松は河原真二の犯行を疑った。

もし、五年前に河原真二を無罪にしなければ、半年前に女性が死ぬようなことはなかったのではないか。

このことが弁護士を続けて行く上での大きな障壁になった。つまり、妻の死と、殺人犯を無罪にしたために新たな死を生んでしまったという自責の念。このふたつがない交ぜになって、浦松を遍路へと導いていったのではないか。

では、なぜ、浦松は五年前の事件への想《おも》いを変えたのだろうか。

半年前の大峰加奈の変死が河原真二絡みだったことから疑問を抱いたのだろうか。いずれにしろ、浦松は五年前の事件では河原真二がクロだと考えを変えたのだ。当然、浦松は裁判資料をもう一度検討してみただろう。そこで改めて見落としていた箇所を見つけた。

京介はそう考え、裁判資料を取りだした。
浦松の最終弁論書を開いた。

一、弁護人の結論を申し上げます。被告人は無実であります。
二、被告人は被害者と交際し、金銭的な援助を受けていましたが、借りていたわけではなく、愛情の証《あかし》に被害者が自発的に支えようとしたものであり、別れることになっても返済しなければならない法的責任はないのであります。
三、被告人は嫉妬深く何かにつけて束縛する被害者がうとましくなり、つい被害者の親友である近藤逸美に気持ちが傾いたが、そのことと関係なく、被害者から離れたくなっていたのであります。
四、十一月十日夜、被害者からマンションに来てくれと電話があり、被告人が断ると、それなら死ぬと被害者は言った。九時頃、心配になって被害者の携帯に電話を入れたが出なかった。それで心配になって被害者の部屋に行った。もし、被告人が殺意をもって部屋を訪れるならば防犯カメラに顔が映らないように注意を払ったはずです。そういう行動をとっていないことからしてほんとうに心配して駆けつけて来たことは明らかであります。
五、部屋に入って被告人は被害者が倒れているのを見て動揺し、自分のせいで被害者が死んだのだと思って怖くなり、すぐ部屋を飛び出したのです。このとき、合鍵でドアを施錠しなかったのは、誰かに早く被害者を発見してもらいたかったので、わざと少しドアを開けておいたのです。

六、検察側は被告人がかつてアルバイトをしていた坂井メッキ工場から青酸カリを盗んだと決めつけ、被告人が盗んだという証拠はないが、状況からして間違いないと推察出来るとしました。しかし、その伝で言えば、被害者の伯母が青酸カリで自殺をしており、第一発見者が被害者であった事実をどう考えるのでしょうか。

七、被害者のほうから被告人に別れ話をしたというのは近藤逸美の証言のみであり、この証人は被告人と関係を持っており、被告人に対して複雑な感情を抱いている可能性があり、どこまで真実を語っているか疑問であります。

この最終弁論のどこかに、浦松は疑問を抱いたのではないか。しかし、何度読み返しても、京介にはどこが問題かわからなかった。

3

連休明けの七日、午後に京介は四谷中央署に行った。

接見の前に、今川巡査部長から話をきいた。

「取調べはいかがですか」

「正直に供述をしています。問題は凶器が発見されないことで、今その発見に努めています」

「前回のお話ですと、凶器は見つからずとも犯行を立証出来るということのようでしたが？」

「ええ。ですが、検事さんから凶器の発見に努めるように要請がありました。万が一、公判で大峰が自供を翻してもいいように、徹底的に調べるようにと。仮に、発見出来ずとも、産業廃棄物に紛れ込んで処分されてしまった可能性があるところまで、調べ上げているところです」

今川は続ける。

「錦糸町駅前の交差点を通過した産業廃棄物の運搬車は二社ありました。そのときの廃棄物の行方がわかりましたので、すでに処分されたかどうか、きょうにもわかるはずです」

「では、検察はもう起訴に踏み切るのでしょうか」

「そうなると思います。……取調べが終わったようです」

取調室のほうの廊下を見て、今川が言った。

それから十分後に、京介は接見室で大峰和人と向かい合った。

　二日にも、大峰に接見したが、彼の態度はまったく変わりなかった。自供してから気分は落ち着いていると話していた。

「どうですか。今の心境は？」

「すっきりしました」

　暗い表情のまま、大峰は答える。

「とうていすっきりしたようには思えませんが」

「……………」

「ほんとうにこのままでいいのですか」

　同じことを何度もきいた。

「はい。妹の仇をとれたのです。それで満足すべきだと思います」

「秋山かおりさんにはお伝えしておきました」

「はい」

　大峰は頷いた。

「五年前の事件、やはり河原真二が殺したという可能性があると思えてきました。もし、そうだとすると、加奈さんの件も河原真二の仕業だという見方が濃厚になってきます。あなたが望むように、裁判で河原真二の犯罪を証明してみせます」

「ありがとうございます」

「それと同時に……」

京介は言いさした。

同時にあなたの無罪を証明すると続けようとしたが、思い止《とど》まった。今は、まだ大峰の希望どおりに動いておこうと思ったのだ。

「加奈さんの恋人の中山祐司さんは、加奈さんに屈託があるようだったと言ってました。あなたには心当たりはありませんか」

「確かに、そんな感じでした。どうかしたのかときいたのですが、加奈はなんでもないって。心配かけまいとしたのでしょうが」

大峰は小首を傾げた。

すでに自白をした大峰に事件のことをきいても無駄だった。

時間を余らせて、接見を終えた。


夕方に事務所に帰ってから、京介は五年前の裁判資料を机に広げた。

あとから裁判資料を読み返して、浦松は自分が見落としていた何かに気づいたのではないか。

何を見落としていたのか。そして、それはまさに今、京介自身も見落としていることなのだ。

河原が犯人ではないとされた最大の理由は九時四十分から五十分のわずか十分間で被告人が被害者に毒を飲ませ逃走することは不可能だということだ。

ここにすべてが集約されている。そして、判決理由には触れていないが、検察側は、被告人が風邪ぎみの被害者に漢方の葛根湯をお湯に溶かし、そこに青酸カリを入れて飲ませたとしているが、被害者がすでに信頼のなくなった河原真二の勧めにしたがって薬を飲むとは思えない。

つまり、時間的にも被害者の気持ちを考えても、河原真二が被害者に青酸カリ入りの葛根湯を飲ませることは不可能に近いのだ。

だが、河原真二は葛根湯を飲ませることに成功している……。何か見落としがある。

京介は判決理由を何度も読み返し、さらに検察官の論告、弁護人の最終弁論を読み、さらに証人の証言などを読み直した。

だが、何も引っ掛かるものはなかった。

目が疲れてきて瞼《まぶた》を揉む。時計を見ると八時をまわっていた。

立ち上がって窓辺に立つ。かなたのビルの窓はまだ明るい。残業をしているのだ。

今夜は浦松はどこにいるのだろうか。

もし、浦松が京介が考えたような理由で遍路に出たのなら、妻といっしょの札所巡りではない。自責の念という重荷を背負ってのひとり旅ということになる。

今、京介が裁判資料を見ても、不審な点は見つからなかった。あるいは、自分の考え違いだろうか。

そのとき、携帯が鳴った。相手の名前が表示されない。アドレス帳に登録されていない相手だ。

「はい、鶴見です」

訝りながら、京介は応じた。

「先日はどうも。富島です」

「ああ、富島さん」

「今、お店に大沼祥子さんが見えたんです。鶴見先生のことをお話ししたら、お会いしてもよろしいそうです」

「そうですか。これからでもよろしければ、そちらにお伺いします。きいていただけませんか」

「少々、お待ちください」

微かに近くのひとに問いかけている富島の声が聞こえる。

「もしもし、構わないそうです」

「では、三十分ほどで着くと思いますので」

電話を切ってから、京介は裁判資料を片づけ、帰り支度をした。

もう柏田も帰り、事務所には誰もいない。電気を消して戸締りをし、京介は事務所をあとにした。


バーの扉を押すと、カウンターで三十過ぎと思える女性がグラスを傾けていた。

富島が近寄ってきて、

「大沼さんです」

と、カウンター越しに紹介した。

「鶴見です」

京介は大沼祥子に名刺を出して挨拶をする。

「大沼です」

黒っぽい服装で、もっと派手な女性を想像していたが、地味な感じだった。

「隣、よろしいですか」

「どうぞ」

京介は祥子と並んで座った。

「河原を殺した男の弁護をしているそうですね」

祥子の前にはブランデーグラスが置いてある。

「はい。半年前に河原真二と付き合っていた女性が亡くなりました。その女性の兄が河原を殺した疑いで逮捕されました」

祥子の顔を見つめて答える。

「そう」

祥子は細い眉を寄せた。化粧をすれば派手な雰囲気になりそうな、目が大きくて鼻筋の通った顔立ちだった。

「大沼さんは一時、河原真二と付き合っていたそうですね」

「ええ。昔のことです。七年以上前のことです」

富島が水の入ったグラスを京介の前に置いた。

「どんな男でしたか」

京介はきく。

「女には甘い言葉をいつまででも喋《しゃべ》り続けることが出来るわ、あの男。嘘を平気でつけるのね。あれじゃ、ほとんどのひとは騙されてしまうでしょうね。そして、穏やかな顔とは裏腹の冷たい心の持ち主」

「あなたはどういうきっかけで別れたのですか」

「好きなのは君だけだと言いながら、劇団の別の女性と付き合っていたの。そのひとにも同じことを言っていたみたい」

「お金は援助していたのですか」

「ええ、かなり使ったわ」

祥子は自嘲ぎみに呟き、

「私がばかだったんですけどね」

と言って、ブランデーグラスに手を伸ばした。

「どのような別れ方をしたのですか。別れ話はあなたからですか」

「向こうからです。私の貯金が少なくなってきたら急に冷たくなって。それに、私以外にも付き合っていた女がいたことがショックで、私は自殺を図ったんです。睡眠薬を多量に飲んで病院に運ばれたわ。その騒ぎから、河原の行状がわかって。それで、劇団をやめさせられたわ」

「別れ話を切り出されたとき、河原のために使った金を返せと要求したのですか」

「いえ、言ったところで、返すお金なんかなかったはずですから」

何か手掛かりになりそうなことが聞けるかと思ったが、これまでのところは何もなかった。

「五年前、河原真二が付き合っていた女性を殺した疑いで捕まり、裁判で無罪になったという事件をご存じですか」

「ええ、知っています。テレビや新聞で騒がれていましたからね。それに、河原が捕まったんですから気になりました」

「結局、河原は無罪になったんですが、あなたはあの事件をどう見ていましたか」

「女性の自殺だったんでしょう？」

「裁判ではそういう判決になったのですが……」

ふと、思いついて京介はきいた。

「もし、河原真二から風邪に効くいい薬だといって渡されたら、あなたは飲みましたか」

「河原ってそういうところはこまめでしたから」

「こまめ？」

「ええ、私と付き合っているときも、私が風邪を引いて熱を出すと、つきっきりで看病してくれ、薬を買いに行ってくれたり」

「………」

立川まゆも体調が悪いとき、河原から看病をしてもらい、薬も買ってきてもらったりしていたのだろうか。

「だから、風邪に効く薬だと渡されたら飲むでしょうね」

「なるほど」

いきなり、葛根湯を渡されたら飲むのはためらうかもしれないが、以前から体調が優れないときに薬を渡されていたら飲むだろう。

だが、あのときは別れ話が出ていたのだ。そんな状況のときに、立川まゆは河原から渡された薬を不用意に飲むだろうか。もっとも、河原が毒を飲ませるなどとは夢にも思っていなかっただろうが……。

「大沼さんはその後、河原と会ったことは？」

「いえ。一度もありません」

「同じ劇団の女性は河原がやめたあとも付き合っていたのでしょうか」

「わかりません。彼女もしばらくして劇団をやめましたから」

「その女性は何という名なのですか」

「野上彩《のがみあや》よ」

祥子は不快そうに顔をしかめる。

「あなたは劇団には？」

「私は今、別の劇団に所属しています」

「そうですか」

だんだん客が増えてきた。隣にも客が座ったので、これ以上話は出来なかった。

「もしよろしければ、連絡先を教えていただけますか。また、おききしたいことが出るかもしれませんので」

祥子はバッグから名刺を取りだした。

銀座の画廊で働いているようだった。

「富島さん、ありがとうございました」

声をかけると、富島が近づいてきた。

「何か参考になる話が聞けましたか」

「ええ、おかげで助かりました」

「それはようございました」

富島が微笑んだ。

そういえば、富島は河原が劇団をやめたあとも何度か会ったことがあり、そのうちの二度が女性連れで、ひとりが立川まゆだったと言っていた。

女性連れではないときにも河原が会いに来たということか……一体、どのような用だったかをきこうとしたが、客が立て込んできて富島は忙しそうだった。

祥子にも礼を言い、京介はバーを出た。

祥子と会った収穫はあった。そのことを確かめるために、近藤逸美から話を聞く必要が出てきた。

酔客の間を縫って、京介は地下鉄の駅に向かった。

4

翌八日の午後、銀座線の上野広小路《うえのひろこうじ》駅を出て、御徒町駅のガードをくぐり、昭和通りに向かい、前回と同じ喫茶店に入った。

席に着いたときちょうど近藤逸美が扉を押して入ってきた。会社を抜け出して来てくれたのだ。

「すみません。たびたび」

「いえ」

逸美は向かいに腰を下ろした。

飲み物を頼んでから、京介は切り出した。

「あの事件の前、立川まゆさんに会いましたか」

「ええ。事件の二日前に会いました」

逸美はすぐ答えた。

「そのとき、まゆさんは風邪気味だったか、覚えていらっしゃいますか」

「そう言えば、ちょっと熱っぽいと言ってました」

「日頃から、まゆさんは風邪を引いたら河原から風邪薬をもらっていたかどうか、わかりませんか」

「さあ、どうだったかしら」

逸美は首を傾げた。

コーヒーが運ばれてきた。

逸美はブラックのままカップを口に運んだ。だが、途中で手の動きが止まった。しばらくそのままの姿勢でいたが、ふいにカップをテーブルに戻した。

「風邪薬ではないんですが、いつだったか彼女とふたりで中華のレストランに入って辛い坦々麺《たんたんめん》を食べたことがあるんです。食べ終わったあと、彼女、錠剤を取りだしたんです。なにそれ、ときいたら、整腸剤ですって。辛いものを食べたあと、下痢をするそうなんです。それで整腸剤を飲むと下痢しないんですって。確か、その錠剤は河原からもらったと言ってました」

「日頃河原から薬をもらっていたのですね」

「そうだと思います。それが何か」

逸美が不思議そうにきく。

「河原はどうやってまゆさんに青酸カリ入りの葛根湯を飲ませたか、そこがわからなかったんです。でも、日頃から具合が悪くなると薬をもらう習慣があったなら説明がつきます」

京介は興奮して話したが、葛根湯を渡されたのは別れ話の出ている最中だという事実にぶち当たった。

それでも風邪引きのときは飲むだろうか。警戒して飲まないかもしれない。河原はそんな不確実な状況で犯行に及んだのか。

待てよ、と京介は思った。

河原は飲んでくれればよし、飲まなければ仕方がない。そんな気持ちだったとしたらどうか。

九時四十分にエレベーターを待っていた河原は、五十分にはエレベーターから下りてきたのだ。エレベーターの待ち時間と五階に上る時間、そして下りてから部屋に行くまで二分とする。往復で四分。被害者の部屋にいる時間は六分だ。

薬をもらう習慣があれば、すぐ青酸カリ入りの葛根湯を飲ませることは可能かもしれない。

ほんとうはもっと時間をかけて飲むように持っていくつもりが、思いがけず、立川まゆがすぐに飲んでくれたのではないか。だから六分で退出出来た。

だが、この考えは弱い。なぜなら防犯カメラに河原の顔が映っているのだ。なぜ、顔を隠さなかったのか。

「十分の間で、河原がまゆさんに青酸カリを飲ませて逃走することが出来ると思ったのですが、まだ問題がありました」

「問題ですか」

「防犯カメラです」

京介はそのことを説明する。

「まゆは絶対に自殺じゃありません」

逸美が言い切る。

「私もそう思います。ですが、それを証明するためにはまだ大きな壁があります」

京介はため息混じりに、

「それから、あの裁判は決着がついています。今さら、新たな事実がわかったとしても無罪になった河原が罪に問われることはありません。もっとも、河原はこの世にもういませんが。しかし、立川まゆさんの名誉のためにも真実を明らかにしたいのです」

京介は腕時計に目をやり、

「お時間、だいじょうぶですか。もし、必要なら弁護士が事件のことでと……」

「いえ、構いません。上司は理解があるので」

逸美は微かに笑みを浮かべた。

「それならいいのですが」

「それより、あの浦松弁護士は今どうなさっているのですか」

逸美は顔つきを変えた。

「あのひとが河原を強引に無罪に持っていったのです。あの弁護士を問い詰めたら何かわかるのではありませんか」

「この前もお話ししましたように、弁護士は依頼人の利益のために……」

「あの弁護士が河原を無罪にしたから、その後も不幸が起きたのではありませんか。その責任は問われないのですか」

まさに、浦松はその責任を感じ、弁護士を辞め、遍路の旅に出たのだ。

もっとも、それは京介の勝手な想像であって、浦松は妻が亡くなったことで遍路に出たのかもしれないが。

だが、京介は河原の事件のせいだと思うのだ。

「そろそろ」

逸美が腕時計に目をやった。

「どうぞ、お先に」

京介は促す。

「何かわかったら、私にも知らせていただけますか」

「もちろん、お知らせします」

「毎年、夏にはふたりで海外旅行をしていたんです。もう、それも出来ません」

逸美は涙ぐんだが、すぐきりっとし、

「では、失礼します」

と言って、立ち上がった。

外に出てから、京介は携帯を取りだして、バーテンの富島の携帯に電話を入れた。

「弁護士の鶴見です。河原真二と会ったという件で、もう少しお話をお伺いしたいのですが」

「わかりました。店に七時には出ていますから」

富島との約束をとりつけ、京介は事務所に戻った。


その夜七時過ぎに、京介はバーの扉を押した。

富島がカウンターを拭いていた手を止めて顔を上げた。

「すみません、たびたび」

「いえ。どうぞ」

座るように言い、富島はカウンターの中に入って京介と向かい合った。

「劇団をやめた河原が何度か富島さんに会いに来たということでしたが、女性連れではなかったときは、どのような用だったのでしょうか」

「お金ですよ」

富島は蔑むように言った。

「お金？」

「すぐ返すから百万円貸してくれないかと」

「なんのためでしょうか」

「女を口説くための見せ金でしょう。百万なんて用意出来ないというと、五十万でもいいと泣きついてきました」

「で、貸したのですか」

「いえ、貸してそのままという可能性がありましたからね。でも、どうしてもってしつこいので、芝居で使う小道具の金ならあると言ったら、それでいいから貸してくれと」

「貸したのですか」

「ええ、それなら返ってこなくても構わないと思いましたので、五十万分の模造品を。つまり、贋金《にせがね》です」

「それで役に立つのでしょうか」

「一番上に本物の一万円札を載せておけば見せ金になると思います。どうせ、女に見せびらかすためでしょうから」

「なるほど」

「でも、一週間後に返しに来ました。本物だったら返ってこなかったでしょうが」

富島は苦笑した。

「返ってきた……。それはいつ頃のことですか」

「あの事件の前です。返してきた数日後に、河原が立川まゆさんを殺した疑いで逮捕されましたから」

「今のことは警察にも話していないんですね」

「ええ、別にきかれませんでしたし、事件に関係あるとは思えませんから。まさか、関係あるんですか」

途中で、富島は不審そうな表情になった。

「いえ、そういうわけでは……。警察は河原に関することならなんでも、きき出しているものと思っていましたので」

「河原はなんのために見せ金が必要だったんでしょうね」

富島が改めて不思議そうに呟いた。

「すみません。ちょっと確かめたいので」

そう言い、京介は携帯を取りだし、近藤逸美に電話をかけた。

すぐに逸美が出た。

「弁護士の鶴見です。昼間はどうも。今、よろしいですか」

「ええ、構いません」

「ひとつだけ、確かめさせてください。五年前、河原があなたを誘ったとき、河原はあなたに五十万円を見せましたか」

「五十万ですって」

「ええ、あなたに見栄《みえ》を張って、金ならあると五十万を見せびらかしたようなことはありませんでしたか」

「いえ、ありません」

「わかりました」

「そのお金がどうかしたのですか」

「いえ、単なる確認です。ありがとうございました」

礼を言い、京介は電話を切った。

「その模造品のお金はお持ちですか」

京介は富島にきいた。

「ええ、封筒に入れてどこかに置いてあるはずです」

「その後、どなたかに貸したことは？」

「ありません」

「その模造品の五十万をお借り出来ませんか」

「構いませんが……」

富島の表情が強張る。

「まさか、事件に関係が?」

「わかりません。念のために、河原が何に使ったかを調べてみようと思います。名刺の住所に着払いで送っていただけませんか」

「わかりました。探して、さっそくお送りいたします」

京介はある可能性を考えていた。

翌九日、京介は板橋中央署に行き、戸田《とだ》警部補に面会を申し入れた。五年前の事件を担当した警部補で、裁判でも証人として立っている。

五年前のことなので、異動しているかもしれないと思ったが、まだ在籍していた。

刑事課の部屋に行くと、がっしりした体格の六十近い男が現われた。鼻が大きく、唇が分厚い。頑固そうな印象だ。

「戸田ですが」

訝りながら、挨拶した。

京介は名乗ってから、今、河原真二が殺された事件の弁護人をしていると伝え、

「じつは、お願いがありまして」

と、五年前の事件に話を持っていった。

「あの事件で、河原真二は無罪になりましたが、少し疑問が生じまして」

「こちらに」

戸田は刑事課の隅にある応接セットに案内してくれた。

向かい合ってから、戸田がきいた。

「なぜ、今頃になって疑問が生じたのですか」

「半年前、河原真二と付き合っていた女性が不審死しているのです。事件にはならず、自殺として処理されました。しかし、自殺にしては疑問点が多いのです。それに、五年前の事件と状況もよく似ているのです」

「…………」

戸田は厳しい顔で、

「五年前の事件、私は河原真二が殺《や》ったと今でも思っています」

と、語気を荒らげた。

「なぜ、無罪になったのでしょうか」

「あの弁護士のせいだ」

戸田は顔をしかめる。

「違います」

京介は異を唱えた。

「裁判資料を読んでみました。あのとおりだとしたら、河原真二の無罪は当然です」

「………」

「警察は何かを見落としているのです」

「見落とし？」

「そうです。あの事件のポイントは、わずか十分間で青酸カリ入りの葛根湯を飲ませることが可能だったかです」

「そうです。うまくやれば出来ないことはない」

「そうでしょうか。部屋に入ってすぐ葛根湯を出して飲むように勧めて、相手はすぐに飲むでしょうか」

「被害者は風邪気味だったからすぐ飲んだのだ。私はあのとき、実際に計ってみました。すぐエレベーターが来れば部屋まで二分以内で行けた。部屋の中に六分はいることが出来る。それだけあれば可能だ」

「別れ話がこじれている相手から与えられた薬に、そんな簡単に手を出すでしょうか」

「出したのです」

「そこに裁判員も納得しなかったのではありませんか」

「うむ」

「被害者は日頃から風邪薬に限らず、河原真二が差し出す薬を飲んでいたようです。そういうことが普通だったようです」

「…………」

「私はそれでも、六分では無理だったと思っています」

「あなたには別の考えがあるのですか」

戸田は食いつくようにきいてくる。

「それを確かめたいのです。事件当夜の河原真二と被害者の携帯の通話記録を知りたいのです。捜査資料にあれば、ぜひ見たいのですが」

「わかりました。調べてみましょう。待たれますか」

「今、調べていただけるんですか」

「直《じき》、定年ですから」

定年を控えているから特に事件を受け持っていないので暇があるということなのだろう。戸田は立ち上がって廊下に向かった。

それほど待つことなく戸田が戻ってきた。

「資料を持ち出すのは面倒なので通話記録を書き写してきました」

戸田はメモ用紙を差し出した。

「拝見いたします」

京介は用紙を手にとった。

十一月十日の午後四時に河原真二が立川まゆに電話をしている。それから、午後六時四十五分。そして、そのあとが九時半である。いずれも河原からだ。

「河原の言い分では、六時四十五分に電話をしたとき、被害者が自殺をほのめかしたと言っている。そして、気になって九時半に電話をしたら出なかったので心配してマンションの部屋に行き、死んでいるのを見つけたということでした」

「午後四時の電話はどんな用だったのでしょうか」

「河原は以前にも被害者が自殺をほのめかしていたので気にして電話をしたと言っていたのです」

「自殺をほのめかすなら被害者のほうから電話をすると思うのですが、いったい、いつ被害者は河原に自殺をほのめかしたのでしょうか」

「六時四十五分に電話をしたときだと河原は言ってます」

「気になって電話をしたのが九時半ですね。すいぶん時間が経っています。三時間近くも、のんびり構えていたことになりますね」

「確かに妙だが、用事があったのかもしれない」

「そうですが……」

京介はあるストーリーを描いたが、所詮想像でしかない。それを証明するのが模造品の金だ。

「あなたの考えを聞かせていただけますか」

「申し訳ありません。もうひとつ、お願いしてもよろしいでしょうか」

「なんでしょう」

「立川まゆの指紋は保存されていますよね」

「もちろんです」

「ある品物の指紋を調べてもらうことは出来ますか」

「指紋？　どういうことですか」

「その証明がないと、私の推理が成り立たないのです」

「で、その品物はどこに？」

「近々、私の事務所に届きますので、すぐこちらにお持ちいたします」

「わかりました。お待ちしています」

戸田に会えたことは幸運だった。あとは富島からの荷物を待つだけだ。

事務所に戻った京介を待っていたのは、大峰和人が殺人容疑で起訴されたという知らせだった。

5

翌十日、京介は東京拘置所に行った。

面会所の待合室には面会人がたくさん順番を待っていた。息子の面会か、白髪の目立つ婦人が悲しげな表情で椅子に座っている。

しばらく待たされて、京介は指定された面会室に入った。

大峰が向かいの部屋に入ってきた。京介に会釈をして向かいに腰を下ろす。大峰はだいぶ窶れたようだ。太陽に当たっていないせいだろう、顔が青白い。

「どうですか、体調のほうは?」

「だいじょうぶです」

「そうですか。五年前の事件、河原の仕業だと、もうすぐ証明出来ると思います。そしたら、加奈さんを殺した件も明らかにすることが出来るでしょう。法廷で、このことを訴えます」

「先生、ありがとうございます」

「それより、何か私にやって欲しいことはありませんか」

「いえ」

「秋山かおりさんへの言伝ては？」

「私は……」

大峰は言いさした。

「なんですか」

「いえ、いいんです」

「秋山さんとのこと、お認めになるのですね」

「……………」

「そうだったとしても、そのことを持ち出してあなたの弁護をするつもりはありませんから安心してください」

「私は罰が当たったんです」

「秋山さんとのことでですか」

「……………」

大峰は俯いた。

「大峰さん。もし、加奈さんが今のあなたの姿を見たらどう思うでしょうか。喜んでいると思いますか。そのことをよく考えてください」

大峰は俯いたままだ。

その後、いくつか質問をしたが、大峰の態度は変わりそうもなかった。

「また、参ります」

京介は接見を終えて立ち上がった。


五月十一日、事務所に出ると、事務員の女性が、

「たった今、これが届きました」

と、富島からの荷物を寄越した。

「ありがとう」

礼を言い、執務室で開いた。

紙袋の中に封筒があり、その中に模造品の一万円札が入っていた。すぐ調べてもらいたいので、そのまま鞄に入れて外出した。

約四十分後に板橋中央署に着いて、戸田警部補に会った。

「すみません。この封筒か中の品物から、立川まゆさんの指紋が検出されるかどうか調べていただけますか」

「わかりました。さっそく」

「わかり次第、名刺の番号に連絡いただけますか」

京介は頼んですぐ警察署をあとにした。

駅の立ち食い蕎麦で急ぎ昼食をすませ、事務所に戻ったのは一時半近くで、すでに別

の事件の依頼人が来ていた。その日はそのあともふたりの相談を受け、やっと落ち着いたのは五時近かった。

それからほどなく、戸田から電話があった。

「さっきの封筒から河原と立川まゆの指紋が検出されました。中の品物にも見つかりました」

「わかりました。これで、河原真二の犯行に至る経緯がわかったような気がします」

「河原の犯行を証明出来るというのですか」

「はい」

「聞かせてください」

「明日のうちにお伺いします」

「いいえ。今知りたいのです。これから、先生の事務所までお伺いしてもよろしいですか」

戸田は積極的だった。

定年を前にして、五年前の事件が解明出来るかと思うと、いても立ってもいられないのだろう。その気持ちはよくわかった。

「では、お待ちしています。近くに来てわからなければ電話をください」

六時前に、戸田が事務所にやって来た。すでに事務員は帰宅していたので、京介がドアまで迎えに出て、執務室に招いた。

「さっそく説明してください」

テーブルをはさんで座るや否や、戸田は催促した。

「立川まゆは河原に愛想を尽かして別れ話を持ち出したのです。その際、金を返すように迫ったのもほんとうだったのでしょう。金を返さなければ、結婚詐欺で警察に訴えると言ったのもほんとうだと思います」

戸田は黙って聞いている。

「もしかしたら、立川まゆは金を出すとき、いずれ結婚するのだからと言って出したのかもしれません。あるいは、河原のほうからどうせ結婚するのだからと口にして金を出させていたのかもしれません。つまり、河原はそういう会話をしたことは自覚していたはずです。まゆのほうから別れ話を出したにせよ、その原因を作ったのは河原です。DVや、まゆの友人の近藤逸美に乗り換えようとしたり……」

「そうです。それは警察が調べ、裁判でも検察官はそのことを主張したのです」

「私が言いたいのは、河原自身も結婚を餌に金を引き出してきたという負い目があったということです。貢いだ金を返せというレベルではなくて、そもそも結婚する前提で金を出してもらっていたのだから、金を返さなければ拙いと河原も思っていただろうということなのです」

「…………」

「だから、河原はまゆを殺さなければならなくなったのです。その方法として青酸カリを使おうと思いついたのも、坂井メッキ工場でアルバイトをしていて青酸カリの保管場所を知っていたからでしょう。証拠はありませんが、坂井メッキ工場から致死量の青酸カリを盗んだのは河原です。ただ、この件は河原がやったという証拠はありませんので、あくまでも想像でしかないのですが」

「坂井メッキ工場の青酸カリの管理は杜撰《ずさん》だった。盗まれて何日も経って警察に届け出たというお粗末さだ」

戸田は顔をしかめ、

「運は河原に味方していた」

「はい。すべてにおいて、河原はついていたと思います」

京介も相槌《あいづち》を打ち、

「河原にとっての問題はどうやってまゆに青酸カリを飲ませるかですが、まゆが風邪気味だったことを思い出し、風邪薬に混ぜて飲まそうとしたのです。河原は普段からまゆが体調を崩すと、薬局から薬を買ってきて与えていたそうです。つまり、まゆは河原から薬をもらうことに抵抗感はなかったのです」

「…………」

「ただ、別れ話が出ていて険悪な関係なときに、薬を与えてもほんとうに飲むかどうか。そこで河原は少しでも金を返して印象をよくしようと考えたのです」

京介はひと息ついて続けた。

「河原は劇団の仲間だった富島哲太に五十万を借りようとしたそうです。しかし、そんな金はない、あるのは小道具で使った模造品の一万円札が五十枚だというと、それでもいいから貸してくれと言うので、富島は貸したということでした」

「それが、あの品物ですか」

「そうです」

「事件の日、午後四時に河原がまゆに電話をしたのは、金を返すからという呼び出しの電話だったと思います。そして六時四十五分にもう一度電話をして、待ち合わせ場所を指定した。つまり、そのあとで河原とまゆはどこかで会っているのです」

「うむ」

戸田は唸《うな》った。

「そして、河原は模造品の表に本物の一万円を一枚載せ、まず五十万を返す。これからも続けて返すからとまゆを安心させ、その上で風邪気味ならこれを飲むといいと、青酸カリをうまく混入させた葛根湯の袋を渡したのです。マンションの部屋に帰ったらすぐ飲んだほうがいいと言葉巧みに勧めたのです」

　京介はさらに自分の想像を続ける。

「九時半に、河原はまゆに電話をしています。これは確認です。薬を飲んだかどうかを確かめたのです。まゆはおそらく八時過ぎには部屋に帰っていたでしょう」

「まゆが青酸カリを飲んだのは、あの十分の間ではなく、もっと前だったのですか」

　戸田は憤然と言う。

「そうです。では、なぜ、河原は九時四十分にマンションに行ったのか。それはほんとうに死んだかの確認と模造品の回収です。それだけですから、十分で往復出来たのです。防犯カメラを気にしなかったのも、自殺したかもしれないと心配で、様子を見に行ったという口実は用意していたはずです」

　京介はふうと息を吐き、

「あの模造の金を入れた封筒に立川まゆの指紋がついているのは、河原からまゆに渡ったからです」

「そういうことだったのか」

　戸田は忌ま忌ましげに、

「あの当時の捜査では、そこまでは調べられなかった」

　と、無念そうに顔を手でさすった。

「仕方ありません。あの浦松弁護士も……」

そうだ。浦松も気づいていなかったはずだ。

その後の大峰加奈の事件があって、改めて河原という男に、京介が疑惑を向けた。その上で辿《たど》り着いた真相だ。

警察も浦松も、河原真二に手玉にとられた形だが、兄の真一が言っていたように、誰も河原真二を虚像でしか見ていなかったのだ。

「いくら真相がわかったとしても、再捜査は出来ません。それに、河原真二はもう死んでいます……」

京介は虚しさを覚えていた。

「いや。これですっきりしました。真相がわからないまま警察を去っていくのと、事件の解明が出来て去っていくのでは、私の警察官人生を振り返るとき大きな違いです。高校を卒業して交番勤務からスタートした警察官人生の幕を、警察官の誇りを持って終えることが出来ます。鶴見先生に御礼を申し上げます」

戸田は深々と頭を下げた。

「とんでもない」

京介はあわてて言いながら、浦松のことを考えた。

浦松もあとから真相に気づいたのではないか。そんなときに、大峰加奈の変死事件が発生した。

河原真二を無罪にしたためにまた尊い命が奪われた。その自責の念に浦松は苦しんでいたのだ。

戸田が引き上げたあと、テーブルに戸田に預けた模造品の一万円札が置いてあった。本来なら大事な証拠品のはずだったが、今はその価値をなくしている。

浦松のことを考えると、胸が詰まり、息苦しくなった。

三番札所では明るく語ってくれたが、心の中ではもがき苦しんでいたのに違いない。八十八カ所霊場をすべて巡り終えて結願を迎えたら、弁護士に復帰する気力が蘇るのではないかと期待したが、もう無理かもしれない。

窓辺に立ち、暗くなった外を見る。

遍路を終えたら、浦松の苦しみは少しは解消されるのだろうか。

遠くで何か鳴っていた。背後だ。浦松のことに思いを向けていたので、気がつかなかった。机の上に置いた携帯が鳴っていたのだ。

机に戻って、京介は携帯を摑んだ。

表示は、秋山かおりと出ていた。

「はい、鶴見です」

「秋山です」

かおりの声がいつになく切羽詰まったように感じられた。

「どうかしましたか」

「大峰さん。起訴されたそうですね」

「ええ」

「裁判がはじまるのですね」

「そうです」

「私、苦しいんです」

「苦しい？」

「何がですか」

大峰に会えないことか、それとも自分が証言すれば大峰を助けることが出来るのに、それをしなかったという負い目か。しかし、かおりも不倫は認めていない。

「最近、加奈が夢に出てきて」

「夢で何か言っているのですか」

「…………」

「もしもし」

「すみません。主人が帰ってきたみたいなので、また明日、お電話をいたします」

あわてて言い、かおりは電話を切った。

かおりの夫は有名企業の課長だそうだ。何不自由ない暮しの中に、突然、友人の死という衝撃的な事件が起きた。

友人の死を嘆き悲しみながら、その死を通じて友人の兄と親しくなった。夫のある身で、決して許されることではない。

ただ、ふたりは単なる不倫ではすまなくなった。ふたりが会っているとき、河原真二が殺されたのだ。

しかし、かおりは大峰のアリバイを証言しようとしなかった。不倫が夫にばれることを恐れた。今の暮しを守ったのだ。

しかし今になって、良心の呵責《かしやく》に責め苛《さいな》まれるようになった。それで、京介に助けを求めてきたのか。

大峰はかおりに証言してもらおうとは思っていない。それに、今さら証言したところで警察が信用するまい。不倫相手を守るために嘘の証言をしたと見なされるだけだ。

勝手に想像を巡らしたが、かおりが苦しんでいるのは、もっと別なことかもしれなかった。ともかく、明日の連絡を待つだけだ。

翌十二日朝、かおりから電話があった。これから事務所にお伺いしたいということだった。

かおりは十時きっかりにやって来た。

執務室に通し、テーブルをはさんで向かい合う。

「加奈さんが夢に出てくるそうですね」

京介はなかなか切り出そうとしないかおりに声をかけた。

はっとしたように、かおりは顔を上げる。

「そうなんです。うらめしそうな顔で私を見ているんです」

「あなたはそれをどう解釈したのですか」

「………」

かおりは俯いた。

「大峰さんのアリバイのことですね」

「はい」

「河原真二が殺された時刻、あなたは大峰さんといっしょにいたことをお認めになるのですか」

「いっしょでした」

「加奈さんが、兄を助けて、と訴えていると思ったのですね」

「はい。毎晩見るので」

「いつかお話ししましたが、大峰さんはそのことを望んでいません。あなたの仕合わせを祈っていました」

「それじゃ大峰さんはどうなるのですか」

「今の大峰さんの狙いは、裁判で河原真二の犯罪を暴くことなのです。五年前の事件、そして加奈さんの事件。この二件は河原の犯行だと訴えたいのです。私はそれの手助けをしています」

かおりの困惑した顔を見つめ、

「今から、あなたが事件の夜、大峰さんといっしょだったと話しても、警察は取り上げないでしょう。証人がいれば別ですが」

「そんなひと、いません」

かおりは首を横に振った。

「いいですか。あなたは、今の生活を大事になさってください。それが大峰さんの願いでもあるのですから」

「私、ほんとうは……」

かおりが言いよどんだ。

「ほんとうは？」

「ほんとうは、大峰さんが事件の夜、私といっしょだったと警察に話してくれたらと思っていたんです」

「どういうことですか」

「心の奥では……」

かおりがまた言いよどんだが、今度はすぐに続けた。

「夫とのトラブルを望んでいたのかもしれません」

「ご主人に何か不満が？」

「いえ。何もありません」

「何も？」

「ええ、不満もない代わりに、満足も……。自分から家庭を壊す真似《まね》は出来ません。だから、いっそ大峰さんが私との仲を訴えてくれたらと。警察から夫が事情を知れば、私も腹が括《くく》れると」

「離婚も考えていたというのですか」

「その覚悟は出来ていました」

「しかし、大峰さんはあなたのためを思って、あなたとのことは口をつぐんだのです」

「はい」

「あなたのご主人は何か勘づいているのですか」

「いえ、何も。だから、よけいに辛くて」

かおりは苦しそうに吐息を漏らした。

「あなたは自分の気持ちをどう思っているのですか。大峰さんをほんとうに愛しているのですか」

「ほんとうにご主人と生活をやっていけないと思っているんですか」

「…………」

「…………」

京介は恋愛経験が豊富なわけではなく、男女間の機微などわからない。だから、助言など出来る立場ではないが、弁護士としての考えだ。

かおりはそれなりに何不自由ない生活を送っていた。だが、刺激のない毎日に満たされないものを感じていた。

そんな中で、友人の加奈が変死し、かおりも普段とはかけ離れた状況に追いやられた。かおりは河原真二を疑い、加奈の兄大峰和人も河原に疑いの目を向けた。その過程でふたりは親密になっていったのだ。

ふたりが特殊な状況下で親しくなって結ばれたが、平時であってもふたりの関係は生まれただろうか。

弁護士として、幾つかの離婚の相談を受けて裁判まで発展したケースも何件かあったが、不倫がきっかけで別れた夫婦でも、不倫したほうはその後、不倫の相手とはうまくいかないケースが多かった。

あくまで不倫は非日常のことなのだ。かおりと大峰の場合も、同じような結末が待っているだろう。

「秋山さん」

京介は口調を改めた。

「私はあなたはご主人のもとに帰るべきだと思います。それにアリバイの件はもう気にする必要はありません。今の生活を大切になさってください」

「でも」

「それが大峰さんの願いでもあります。大峰さんのことは、私に任せてください。きっと、無実を晴らしてみせます」

京介はかおりを説き伏せた。

大きく深呼吸をし、かおりは口を開いた。

「わかりました」

意を決したように、

「先生のおっしゃるようにいたします。どうか、大峰さんによろしくお伝えください」

と、体を折った。

かおりを見送ったあと、洲本から電話があった。

「遅くなって申し訳ありません。ようやく、事件の日、河原といっしょにいた女の居場所がわかりました」

「そうですか」

「今、銀座のクラブで働いています。鶴見先生のことは話しました。会ってもいいそうです」

「そうですか。では、きょうにでもお願いいたします」

「では、野上彩さんと待ち合わせ場所を決めてから、また連絡します」

「野上彩……」

河原真二が劇団にいたときに付き合っていた女性だ。ずっと付き合いが続いていたのか。京介は彼女からなら、いろいろな話が聞けるような予感がしてきた。

第四章　補陀洛渡海

1

午後五時ちょうどに洲本が三十前後と思える女性を連れて事務所にやって来た。野上彩だ。紺のパンツに白いブラウス。手にデニムの上着を抱えていた。

「では、私はこれで」

洲本が、すぐに事務所を出ようとした。

「洲本さん、わざわざありがとうございます」

京介は礼を言う。

昼間の電話では野上彩の都合のよい場所に赴くつもりでいたが、彼女が事務所に来てくれることになったのだ。

他人に聞かれたくない話もあるので、そのほうがありがたかった。

洲本が去ってから、京介は執務室に野上彩を迎え入れた。

テーブルをはさんで座る。事務員がお茶を運んで来てくれた。

「ありがとうございます」

野上彩は丁寧に頭を下げた。

「洲本さんからお話をお聞きかと思いますが、私は河原真二さんを殺した疑いで逮捕されている大峰和人の弁護人をしています」

京介が言うと、彼女は頷いた。

「大峰和人は半年前に、四谷三丁目のブルークラウン四谷マンションの非常階段から転落して死亡した大峰加奈さんの兄です」

野上彩は微かに表情を強張らせた。

「加奈さんは河原真二から別れ話を持ち出されていた。しかし、加奈さんは承服出来ず、マンションに押しかけて復縁を迫った。しかし、その日は河原は別の女性を部屋に連れ込んでいた。その女性と鉢合わせして、加奈さんはショックから発作的に非常階段に出て飛び下りた。これが警察の発表でしたが、これは、ほぼ河原真二の主張どおりです」

「…………」

「しかし、この警察の判断に大峰和人さんは納得していませんでした。果たして、加奈さんは自殺だったか否か。そのとき、河原真二の部屋にいた女性から話を聞きたくて、あなたを探し出したのです」

経緯を説明してから、

「まず、あなたと河原さんの関係を教えていただけませんか」

と、京介は野上彩の強張った顔を見る。

「あなたは河原が劇団にいた頃からの付き合いなのですね」

「はい」

「最近まで付き合いは続いていたのですか」

「いえ。ついたり離れたりです」

「ということは？」

「河原は勝手な男で、都合のよいときだけ私に連絡を寄越すんです。つまり、他の女性と縁が切れたあとなどに」

「河原が劇団を辞めたあとも付き合いは続いたのですか」

「河原が五年前に自殺した女性と付き合いだしてから、私を捨てたんです。縁が切れたんですが、三年半ほど前に偶然、銀座のお店で河原と会いました」

「裁判で無罪になって一年後のことですね」

「はい。それから、お店に顔を出すようになって」

「それで、関係が復活したんですね」

「それも、すぐ終わりました。半年も経たないうちに大峰加奈さんと付き合うようになったんです。それからは私に振り向かなくなりました」

野上彩は眉根を寄せた。

「ところが今から半年ほど前に、また河原から連絡がありました。そのときは、大峰加奈さんと別れたのだと思ったんです。それで会うようになりました」

「あの夜も、河原のマンションの部屋に行っていたんですね」

「ええ。その前に、じつは大峰加奈と別れたいが、なかなか承知をしてくれない。君が部屋にいたら、彼女も俺を諦めるだろうから協力してくれと言われたのです」

「なるほど。それで、加奈さんはやって来たのですね」

「はい」

「じゃあ、三人で会ったのですか」

「いえ。河原は玄関で加奈さんを押し返しました」

「押し返した？」

「はい。そのままふたりで部屋を出ていったんです。私は不思議に思いました。だって、他の女が部屋にいるのを見せるために、私を呼んだはずですから」

「で、ふたりは出ていって、どうなったのですか」

「しばらくして、河原があわてたように戻ってきて、加奈が非常階段から飛び下りたと。警察に電話してくれと」

そのときのことを思い出したのか、彼女は身を震わせた。

「で、あなたが警察に電話をしたのですね」

「そうです。それから、警察がやって来て大騒ぎに」

「あなたは警察にはなんと話したのですか」

「河原からよけいなことは喋るなと言われていたので、河原から指示されたとおり、女が訪ねてきて、私がいるのを見て、何か叫んで部屋を飛び出していったと」

「あなたはなぜ、加奈さんが転落したのだと思ったのですか」

「突然のことで動揺していましたから、河原が言うように自分から飛び下りたのだと思っていました」

「では、あなたは加奈さんは自殺だったと思っているのですね」

「ええ。ただ……」

野上彩は不安そうな表情で、

「引っ掛かっていたことがあるのです」

「加奈さんを部屋に引き入れなかったことですか」

「それもそうですけど、玄関で言い争っている声が聞こえたんです。何を言っているのかわかりませんでしたが、一言だけはっきり聞こえました。女の声で、返してくれと」

「返して？　何をでしょうか」

「…………」

「わかりませんか」

「たぶん……」

野上彩は慎重になった。

「写真だと思います」

「写真？」

「私が警察に電話をしたあと、河原は台所の流しで、何かを燃やしていたんです。あとで見たら燃えかすがあって、写真のようでした」

「写真……。ひょっとして、加奈さんの裸の？」

「いえ。もっと激しいもの。ふたりが行為に及んでいる写真。ベッド写真です」

「どうして、そう思うのですか」

「昔、私との絡みの写真を、河原は隠し撮りをしていたことがありました。あとで知って問い詰めたら、ふたりの愛情の証だからって。だから、そんな写真に違いないと思いました」

「なるほど……」

京介は思わずため息をついた。

加奈はその写真を取り返すためにマンションに行ったのだ。なんという卑劣な男だ。

改めて河原真二に怒りが込み上げてきた。

「あなたは、なぜ、私に会う気になってくれたのですか」

気を取り直して、京介はきいた。

「加奈さんの死から時間が経つにつれ、私の中で疑惑が膨れ上がってきました。最初におやっと思ったのは、加奈さんが死んだことになんの感慨もないような河原の態度でした。自分が死に追いやったかもしれないのにと最初のうちは、その冷たさに呆れましたが、そのうちほんとうに自殺だったのだろうかと疑問を持つようになったんです。でも、河原と会うと、そんなことは忘れてしまいました。忘れたというより、無理に心の奥に抑えつけていたんです。私はずっと河原に呪縛されていたんだと思います」

野上彩は間を置いて、

「河原が殺されたと知って私は啞然としました。河原を失ったことを嘆いたのではありません。とうとう呪縛から逃れられぬまま河原が消えてしまったショックでした」

呪縛とは真実からあえて目をそらそうとしていた気持ちだろうか。

「そんなとき、洲本さんが訪ねてきてくれたのです」

「洲本さんはあなたを探すのに時間がかかりましたが、あなたは住まいとお店を替えたようですね」

「はい。河原が無気味になってきたんです。それで、河原から逃げようとしたんです」

「なるほど」

「洲本さんから鶴見先生が私を探していると聞き、河原の呪縛から逃れられるチャンスだと思って。正直にありのままを話せば、自分の気持ちも整理出来ると……」

「お気持ちはよくわかりました。おかげで、大きな疑問は解消されました」

なぜ、加奈は河原のマンションに行ったのかが謎だった。そのために河原の言い分が通って自殺とされてしまったのだ。

淫らな姿の写真を餌に加奈をマンションに誘き出したことや、部屋に野上彩を呼んでいたことからも計画的な殺人だということがわかる。

「野上さん。今のことを警察で証言していただくことは出来ませんか。河原真二はすでに亡くなっていますが、大峰加奈さんの名誉のためにも真実を明らかにしたいのです」

「わかりました。お話しします」

「場合によっては、法廷で証人として今の話をしていただきたいのですが」

「もちろん構いません」

「ありがとうございます」

大峰和人の裁判で、情状証人として証言台に立ってもらおう。

京介は頭を下げたあと、彼女の話で気になっていたことを思い出した。

「あなたは三年半前に銀座のお店に客で来た河原真二と再会したということでしたね」

「はい」

「そのお店はクラブですか」

「高級クラブです。ですから、その頃は河原は羽振りがよかったようです」

三年半前といえば、立川まゆの事件から一年半後、裁判が終わってから一年後ぐらいだ。そして河原が加奈と出会ったのは三年前。

そのとき河原は銀座の高級クラブに行く金を持っていたという。きっと立川まゆと大峰加奈の間にも女がいたのだ。

しかし、その女性とは加奈が現われてから別れているようだ。付き合っていた期間はわずかだ。金を出させていたとしたら、その女性と別れるとき、もめなかったのだろうか。

「お店に顔を出したとき、河原には付き合っている女性はいたのでしょうか」

「さあ、わかりませんけど、いたら私にまた誘いをかけてくることはなかったと思いますけど。半年経って、加奈さんと知り合うと、また私から去っていきましたから」

「…………」

河原は立川まゆから金を引き出させていたが、彼女にはもっと貯金があったのではないか。

いや、そんなはずはない。貯金は少なくなっていたとの近藤逸美の証言がある。

そのとき、京介はあることを思いついて思わず声を上げそうになった。

野上彩が怪訝そうに見ていた。

「野上さんは今も劇団に？」

京介は取り繕うようにきいた。

「ええ、別の劇団に」

大沼祥子も別の劇団に移っている。まさか、同じ劇団ではないだろう。役者として芽が出るまで、苦労するようだ。

「先生、すべてをお話し出来て、すっきりしました。こちらこそありがとうございました」

そう言い、野上彩は引き上げていった。


京介は先ほど思いついたことを確かめるために、板橋中央署の戸田に電話を入れた。

「鶴見です。ひとつ、確かめたいのですが」

「なんでしょう」

「死んだ立川まゆに生命保険はかけられていませんでしたか。河原真二が受け取りの？」

「保険？」

「ええ、河原は裁判のあと、金銭的に余裕があったようなのです。そのお金がどこから出ているのかが気になりまして」

「いえ。我々はそこまでは把握していません。特に保険会社からもそのような情報はありませんでした。もしかしたら、無罪になってからいろいろ動き出したのかもしれませんが、我々の認識ではそれはなかったはずです」

「そうですか。わかりました」

今度は近藤逸美に電話をした。

「弁護士の鶴見です。お伺いしたいのですが」

京介は再び、立川まゆに保険がかけられていたかどうかきいた。

「いえ、そんなことはないはずです。聞いていません」

「本人が知らないうちに契約させられたというようなことは?」

「いえ、ないと思います」

「そうですか。ありがとうございました」

礼を言って電話を切った。

しかし、よく考えてみれば、河原は立川まゆを自殺に偽装しているのだ。契約から一定期間内の自殺は保険金がおりないという自殺免責条項もある。

そう考えると、保険をかけていた可能性は薄くなる。

だとしたら、やはり、新しい女がいたのだ。そう考えるほうが妥当かもしれない。河原には常に女がいた。金を出してくれる女性がいたのだ。

別れに際してもめなかったのは、相手は人妻とか立場を隠したい女だったのかもしれない。だから、表ざたにならなかったのではないか。

いずれにしろ、河原は立川まゆだけでなく、大峰加奈も殺している。京介は確信した。共に、計画的な殺人だ。

浦松弁護士は立川まゆが自殺ではなく、河原が殺したのだと、いつわかったのだろうか。最初から疑わしいと思いつつ弁護をしたとは思えない。浦松は、無実だと確信している事例しか弁護を引き受けないのだから。

だから、それを知ったのは無罪判決を勝ち取ったあとだ。やはり、半年前の加奈の転落死か。

無罪判決後、浦松は河原の就職の面倒などもみていたらしい。付き合いがあったとしたら、大峰加奈と知り合っていたことも知っていたかもしれない。

だから、加奈が死んだことを知り、立川まゆの事件との類似に愕然《がくぜん》としたのではないか。そして、もう一度、裁判資料を読み返した。

そこで、事実に気づいたのだろうか。いや、いくら浦松とはいえ、模造品の五十万円の件を知らなければ真相には辿りつけないと思うが……。

だが、なんらかの手立てで、真相を知ったのだ。その瞬間、今まで自分が築き上げてきた誇りが一瞬にして崩れ去るのを感じ取ったのかもしれない。

殺人犯を無罪にしたために新たな犠牲者が出た。その事実はこれから一生浦松に付きまとう。

弁護士を辞める。それ以外、浦松にはとるべき道はなかった。妻を亡くし、ひとりになった浦松は静かに表舞台から去る決意をしたのだ。

自責の念を抱えた八十八カ所札所巡りの旅の終わりに、浦松を待っているのは何だろうか。

無性に津野と話がしたくなり、京介は電話を入れた。

「はい、津野」

元気のいい声がした。

「鶴見です」

「なんだ、声が沈んでいる。どうしたんだ?」

「じつは、浦松先生のことである事実がわかりました。今、お時間はだいじょうぶですか」

「ああ、そろそろ帰ろうとしていたところだから、だいじょうぶだ」

「五年前の浦松先生が被告人の弁護を担当し、無罪に持っていかれた殺人事件。今になって、被告人が有罪だった可能性が出てきたのです。無罪を勝ち得た男はそれから四年後、再び殺人を犯しました」

「………」

「殺人犯を無罪にしたために新たな犠牲者が生まれた。浦松先生はそのことで、弁護士としてのプライドをずたずたに切り裂かれてしまったのではないでしょうか」

「有罪に出来なかったのは検察側の責任だ。弁護士にはその責任はない」

「しかし、先生は無実の者を無罪にする。それが自分の使命だとおっしゃっていました。ところが殺人犯を無罪にしてしまったのです」

「………」

「奥さまを亡くして心が弱っているときに、それを裏付けるような新たな殺人が発生し、先生は必要以上に自分を責めたのではないでしょうか」

「弁護士を辞めたのも、それでか」

「はい」

「自責の念から遍路に……」

津野は呟いたあと、

「しかし、妙だ」

「えっ？」

「三番札所で声をかけたときのことを思い出してみろ。先生は淡々と事情を話してくださったではないか」

京介もそのときのやりとりはよく覚えている。

——先生が突然、弁護士をお辞めになったとお聞きして驚いていたのです。まさか、こういう場所でお会い出来るなんて。

——じつは家内が亡くなったあと、気力をなくしてね。朝起きると、いつも虚しさに襲われた。何をする気にもならなくてね。情けない話だが、法廷に立ったときでも、以前のように奮い立たないのだ。これではだめだと思った。思い切って弁護士を辞め、家内が来たがっていた遍路に出たのだ。弘法大師とのふたり旅ということだが、家内もいっしょの三人旅だ。


「でも、あのときの浦松先生の笑みはどこか儚げに見えました。もう弁護士にお戻りになるつもりはないのですかときいたら、ないときっぱりとおっしゃいました」

「俺が言いたいのは俺たちを避けなかったということだ。絶望の淵《ふち》にいるような弱々しさはなかったように思える」

「すると、津野さんは……」

「俺は浦松先生の言葉を額面どおりに受け取っていいのではないかと思った。つまり、奥さまを亡くされたことが気力を萎えさせた。奥さまがいてこその浦松弁護士だった。まあ、そう思いたいだけなのかもしれないが」

「でも、殺人犯を無罪にしたかもしれないのです」

「そのことを浦松先生は知っているのだろうか。可能性はあるのか」

「………」

「もう先生は弁護士ではない」

津野の言い方に、京介はふとあることを感じ取った。

「ひょっとして、津野さんには別の考えがあるのでは?」

「うむ」

「なんですか、教えてください」

「いや、これも浦松先生には辛いことだから」

「先生については、もう私はひどい言葉を吐いています」

「先生は弁護士としての名誉を守るために辞めたのではないかな」

いきなり、津野は口にした。

「つまり、真相が明らかになったとき、もう自分は弁護士ではないから関係ないという立場になろうとしたのではないか。遍路は現実社会からの脱出だ」

「それは逃げではありませんか」

「そうだ、決して自責の念からではない。現実逃避だ。だから、弁護士仲間の誰にも言わずに姿を消したのだ」

「先生はそんなひとではありません」

京介は反論する。

「俺が言いたいのは、殺人犯を無罪にした裁判のことや、その他諸々、もはや浦松先生にとっては別世界の話だということだ。そっとしておいてあげることが先生のためだということだ」

「そうですね。確かに、浦松先生の弁護がどうのこうのというのは関係ありませんね。……わかりました」

殺人犯を無罪にしたとしても、その責任は浦松が負うべきものではない。検察側の立証に不備があったということだ。だから、浦松が自責の念に駆られる必要はない。ただ、無罪の神様と呼ばれた弁護士としてのプライドは傷つけられた。そのことから逃げることで、過去の名誉を守ろうとした。

そういう津野の考えもわかるが、京介は納得したわけではなかった。だが、法曹界から退いた浦松には、今起きていることは関わりないのだ。京介はそう自分に言い聞かせた。

2

東京拘置所の接見室で待っていると、大峰和人が向かいの部屋に入ってきた。

看守が部屋を出ていってから、京介は切り出した。

「やっと加奈さんの死は河原真二の仕業だとわかりました」

「ほんとうですか」

青白い大峰の顔が光が射《さ》したように明るくなった。

「なぜ、加奈さんが河原のマンションに行ったのか、そのわけがようやくわかりました」

「なんだったのですか」

大峰にとっては気分のよくない話だろうが、真実を伝えなければならない。

「加奈さんは河原とのベッド写真を取り返しに行ったのです」

「ベッド写真？」

大峰は目を剝いた。

「河原は加奈さんとの行為を隠し撮りしていたんですよ。それを渡すからと、河原は加奈さんをマンションに呼び出したのです。部屋には以前から面識のあった女性を呼んでいました。加奈さんを自殺に偽装するために……」

想像ですがと断って、非常階段の踊り場から突き落とすまでの河原の動きを話した。

「河原が写真らしきものを燃やしているのを女性が見ていました。裁判で、その人が河原の不審な動きを証言してくれることになっています」

京介は続ける。

「それから、五年前の裁判で河原が無実になった件も、河原の犯行を裏付ける証拠が見つかりました。これで、河原がふたりの女性を殺したことは明らかになったと思います」

「先生、ありがとうございました。これで、妹も浮かばれます」

大峰は目に涙をためた。

「それから、あなたのことです」

京介は続ける。

「あなたは河原を殺していません。無実を訴えましょう」

「それは」

「心配いりません。秋山かおりさんのことは表に出しません。アリバイ以外で、あなたの無実を証明します。ですから、あなたは無実の主張をしてください」

「………」

「どうしました？」

「真犯人は誰かわかりませんが、そのひとも河原に恨みがあったのでしょう。でも、私に代わって妹の仇を討ってくれたことに変わりはありません。私はそのひとの身代わりになることを厭《いと》いません」

「無実の罪で、あなたはこれから何年も刑務所暮しをするというのですか」

「はい。それが妹の仇を討ってくれたひとへの恩返しです」

「あなたは間違っています」

「………」

「ひょっとしてあなたは……」

秋山かおりをほんとうに愛しているのかもしれない。無実となって自由の身になっても、かおりと付き合うことはもう難しい。かおりのいない人生に未練はないということか。

「すみません。私はこのままでいきます。そのように弁護をお願いいたします」

大峰は深々と頭を下げた。

京介に返す言葉はなかった。仮に、大峰が無実を主張することを受け入れてくれたとしても、京介には大峰の無実を証明する手立ては何もないのだ。

接見を終え、京介は重い足どりで拘置所をあとにした。

駅に向かいながら、大峰のことを考えた。大峰の意志は固い。翻意を促すことは無理だ。無実を明かすには真犯人を見つけるしかない。

真犯人は河原真二とトラブルを起こしていた相手とは限らない。いちおう、警察はその線でも捜査をしている。その上で、大峰和人を逮捕したのだ。

京介も、加奈と関係ある人物の仕業だという考えに異論はない。その中で、動機を持つ人物は、加奈の恋人の中山祐司だ。中山は加奈がまだ河原に未練を持っていたという思いを捨てきれずにいた。しかし、その言葉を素直に信じていいものか。

五年前の立川まゆに関係する人物ということも考えられなくはないが、五年後に恨みを晴らすとは考えにくい。

気になるのは河原真二の兄の真一だ。真一は弟の異常性を見抜いていた。立川まゆも大峰加奈も本能的に弟が殺したと感じ取っていたのかもしれない。これ以上、弟に罪を犯させないために……。

もうひとつ、気になることがある。五年前の裁判で無罪になったあと、河原は金銭的に余裕があった。銀座の高級クラブで遊んでいるのだ。

立川まゆに保険が掛けられていた形跡はなかった。すると、大峰加奈と付き合う前まで、河原の金銭面の面倒をみていた人物がいるのだ。

おそらく女性であろう。これまでに調査で浮上してこなかったところを見ると、別れるときにもめるようなことがなかったのだろう。

相手は人妻ではないかと思った。女のほうも家庭があるから河原に対して、強く出られなかったのかもしれない。

虎ノ門の事務所に戻ってから、京介は本宮に電話をした。


その日の夕方、京介は京橋にある本宮法律事務所を訪ねた。

「入ってくれ」

本宮は執務室に通した。

「まだ、例の件を？」

「はい」

「で、きょうはなんだね」

「河原真二が無罪になったあと、河原は何度かこの事務所に訪ねてきたということでしたね」

「何度か彼と顔を合わせたことはある。しかし、私のいないときにも来ていたかもしれない。それがどうしたね」

「浦松先生は河原の就職の世話をしたりしていたそうですね」

「ああ、かなり面倒をみていた」

「どこかに就職したのですか」

「どこも長続きしなかったようだ」

「その頃、河原に新しく付き合い出した女性がいたか、ご存じですか」

「さあ、聞いていない」

本宮は首を横に振った。

「浦松先生は河原のことで何かおっしゃってませんでしたか」

「いや、何も」

「そうですか」

「ただ」

本宮は言いさした。

「ただ、なんですか」

「いや、たいしたことではない。それより、河原のことで何かわかったのか」

「ええ」

京介は思い切って切り出した。

「五年前の裁判で河原は無罪になりましたが、その事件を調べ直してみたところ、どうやら河原の犯行に間違いないようなんです」

「まさか」

本宮は一笑に付した。

「浦松先生が自信を持って無罪を勝ち取った裁判だ。そんなことありえないだろうよ」

「いえ、証拠も見つかりました」

「証拠？」

模造品の五十万の件を話し、河原の企みを説明した。

本宮は話を聞き終えても口を開こうとしなかった。厳しい顔になっているので、

「本宮さん」

と、声をかけた。

「浦松先生は……」

本宮は口にしかけたが、また押し黙った。

京介は、本宮が口を開くのを待った。

「気づいたんだ」

本宮がぽつりと言った。

「気づいた？　浦松先生は河原の犯行だと、いつ気づいたというのですか」

京介の考えでは、半年前、大峰加奈の死に河原が関わっていることから疑問を持ったのではないかと考えていた。

しかし、今の本宮の口振りがあまりに重い。

「判決から半年ほどしてから、先生はときどき思い悩んでいるように暗い顔をなさることが多くなった。奥さまが病気だと聞いていたので、そのせいかと思っていたが、今から思うと、河原のことだったかもしれない」

「でも、なぜ先生はあの事件の真相がわかったのでしょうか。さっき話した模造品の五十万の件がなければ、とうてい気づかないと思うのですが」

京介は疑問を口にした。

「河原の行状だ。仕事の世話をしても長続きしない。そんな河原に先生は注意していた。特に、女のことも」

「女のこと?」

「先生が紹介した仕事先で女性問題を起こしたことがあった。そんなことから、河原の人間性に疑問を持たれたのかもしれない。俺が不思議に思っていたのはいつの頃からか、河原は先生にため口で喋るようになったんだ。そのうち、河原が事務所に顔を出すことはなくなった。今思えば、河原を出入り禁止にしたのかもしれない」

「仕事先で女性問題があったというのは、どんなことでしょうか」

「そこまでは知らない」

「もしかしたら、女性から金を借りていたのかもしれませんね」

「金といえば……」

本宮は思い出したように、

「一度、先生が河原に分厚い封筒を渡しているのを見たことがあった。ひょっとしたら、あれは金だったかもしれない」

「なんですって。先生が河原にお金を……」

「いや、河原が殺人犯だったと知ると、なんでも疑ってかかって見てしまうから、そう思えるのかもしれないが」

「なぜ、先生は河原に金を？」

「脅されていたのかもしれない」

「脅されていた？」

「そうだ。浦松先生は事件の真相に気づいたのではなく、河原から告白されたのかもしれない。あの事件の犯人は俺ですと」

「なぜ、河原は告白を？」

「先生から金をむしり取るためだ。奴のことだ。一事不再理で、もう自分は罪に問われない。堂々と週刊誌に話を持っていって手記を書かせてもらうとか言って……」

「………」

河原が銀座の高級クラブに通う費用は浦松から出ていたのか。

「本宮さん。先生が河原の脅しに屈したのは自分の名誉を守るためでしょうか。先生はそんな名誉を気にする方だったとは思えません」

「しかし、屈していたように思える。先生は自分を騙した河原を憎んでいたのかもしれない」

「憎んでいた……」

胸に錐《きり》でもまれたような激痛が走って、京介は思わず叫びそうになった。

「まさか」

「まさかとはなんだ？」

「いえ」

京介は深呼吸をして心を落ち着かせた。

「先生が河原に屈した理由はもうひとつあると思う」

本宮が厳しい顔で続けた。

「なんでしょうか」

「先生が過去に無罪にした依頼人への評価だ。無罪を勝ち取った河原がじつは真犯人だったことになれば、過去に無罪にした中にも実際には有罪だった依頼人がいるのではないかという疑念をあらたに生じさせる。そのことを恐れたのではないか」

「………」

「弁護士としての有能さをアピールするには、そのほうが効果があるかもしれない。しかし、先生の信条は『無実の者を無罪に』だ。浦松先生が弁護をするなら依頼人は無実かもしれない、周囲にそう思わせる実績が先生にはあった。その信頼が一挙に崩れたのだ」

本宮はやりきれないように、

「河原が有罪だとわかった時点で、浦松先生の弁護士生活は終わっていたのだ。だから、誰にも言わずに法曹界から去っていったんだ」

と、言った。

頭の中をある思いが駆けめぐり、激しい動悸《どうき》がして、京介は息が出来なくなるほどの苦痛に襲われた。

なんと言って本宮と別れたか、まったく覚えていない。気がついたとき、京介は京橋から虎ノ門の事務所に向かって急いでいた。

3

事務所に戻った京介はすぐに柏田弁護士の執務室に入った。

「どうしたんだ？　そんな荒い呼吸をして」

柏田が不審そうにきいた。

荒い呼吸は急いで戻ってきたせいだけではない。脳裏に浮かんだ疑惑の大きさにうろたえているのだ。

「先生、お願いがあります」

京介は逸《はや》る心を抑え、やっと口を開いた。

「なんだ？」

「先日の浦松先生が映った遍路の動画を見せていただきたいのですが」

「ちょっと待ってくれ」

柏田はパソコンを操作した。

やがて動画がスタートし、柏田は画面を京介に向けた。

第十三番札所大日寺が見えてきた。門を入り、本堂に向かう、白衣の遍路の姿が見える。カメラが本堂に近づくと、本堂から菅笠に白装束の浦松が出てくる姿が映し出された。

画面の右上に動画を撮影した日付が表示されている。四月十八日。

「先生、この動画が撮影された日付がほんとうに四月十八日だったたか、確かめていただけないでしょうか」

京介は頼んだ。

「なにやら大事なことらしいね」

柏田は頷き、すぐに友人のところに電話を入れた。

「柏田だ、今、いいか」

柏田が相手に声をかけている。

「例の遍路の動画だ。あの動画に表示されている日付は合っているのかね。たとえば、第十三番札所大日寺に行ったのは四月十八日になっているが、間違いないか」

少し間があってから、

「そう、間違いないんだな」

柏田の返事を聞いて、京介は胸が締めつけられた。

その後、少し言葉を交わして、柏田は電話を切った。

「聞いてのとおりだ。間違いないそうだ」

「ありがとうございました」

「何があったのだ？」

「じつは気になったことがありまして」

「気になる？」

「はい。浦松先生が第十三番札所大日寺にやって来たのは四月十八日です。高松の津野さんが第十九番札所から二十番札所へ行く途中で浦松先生を見かけたのが二十二日でした。五日間で十三番から二十番札所というのは時間がかかり過ぎているような気がするのです」

津野が偶然に浦松を見かけたのは十九番札所の立江寺から二十番札所の鶴林寺に向かう途中だった。そのときで、一番札所で会ってから八日めだ。

「途中、体調でも悪くし、宿で寝込んでしまったのだろうか」

柏田が眉根を寄せて言う。

「そうかもしれませんが……」

京介は頭が混乱している。

「どうした、何か引っ掛かるのか」

柏田が異変を察したようだ。

「考え過ぎなのかもしれませんが、河原真二が殺されたのが四月二十日なのです」

「…………」

柏田は絶句している。

「とんでもないことを考えていることは重々承知しています。浦松先生がそのような方ではないことはわかっています。それでも……」

「詳しく話してみなさい」

柏田は厳しい顔になった。

「はい」

「向こうへ行こう」

柏田は応接セットのほうに向かった。

そこで差し向かいになってから、京介は五年前の立川まゆの青酸カリ中毒死から半年前の大峰加奈の転落死までを話し、ともに河原の犯行の可能性があると加えた。

「五年前の裁判で無罪を勝ち取ったあと、浦松先生は河原の就職の世話をしたりして面倒を見てきたそうですが、だんだん河原の態度が変わってきて、いつしか河原は浦松先生とため口をきくようになったそうです」

「………」

柏田は啞然としてきいている。

「浦松先生は河原の行状からやはり五年前の事件は河原の仕業ではないかと疑いを持ち始めたのではないでしょうか。それで、河原を問い詰めた。ところが、河原はあっさり白状し、裁判の顚末《てんまつ》の手記を書いて週刊誌に売ると、浦松先生を脅したのではないか。これは本宮さんの考えですが、その根拠は浦松先生が河原に札束らしいものを渡すのを見たことがあるそうなんです」

京介はため息をついて続ける。

「そんななかで、半年前に大峰加奈が転落死した。殺人犯を無罪にしたために新たな犠牲者が出たことに衝撃を受け、このままではさらにまた新たな犠牲者が出るかもしれない。それで、浦松先生は河原に殺意を抱いたのではないかと……」

「遍路を殺人のアリバイに利用したというのか」

柏田は厳しい顔を崩さない。

「はい」

ふと遍路は一番札所の住職から授戒を受け、お大師さまに十善戒の誓いを立てることを思い出した。

十善戒とは、殺さない、盗まない、邪淫しない、嘘をつかない、お世辞を言わない、悪口を言わない、二枚舌を使わない、欲張らない、怒らない、誤った考えは起こさないという十の戒めだ。

もし、河原を殺したとしたら、浦松は十善戒の誓いを破ったことになる。

京介は迷った。やはり、自分の思い過ごしかもしれない。

「先生、私の勇み足かもしれません。今の話は撤回します」

「うむ」

柏田は苦しそうに頷いた。

京介は自分の執務室に戻って。津野の携帯に電話をした。

「どうした、また浦松先生のことか」

いきなり、津野がきいた。

「じつは、そのとおりです」

京介は素直に言い、

「先日、柏田先生の友人夫婦が車で四国の八十八カ所巡りをしたときの動画に、浦松先生が映っていたお話をしましたね」

「確か、第十三番札所大日寺だったな」

「それが四月十八日なのです」

「うむ。で、それがどうしたんだ？」

「私たちが浦松先生と会ったのは四月十五日です。十八日までの四日間で第十三番札所までというのは、ペースとしてはいかがなんでしょうか」

「そんなものだろう」

「津野さんは、二十二日に十九番札所の立江寺から二十番札所の鶴林寺に向かう途中の浦松先生を見かけたのですね。十三番札所から二十番札所まで五日間かかっているんです。ちょっと時間がかかり過ぎているように思えるのですが」

「確かに、そうだ。五日間ならもっと行っているな」

「そこでお願いがあるのですが」

京介は深呼吸をし、

「たぶん、浦松先生はどこかで体調を崩され、同じ遍路宿に数泊しているんじゃないかと思うんです。ご面倒なお願いなんですが、遍路宿を訪ね、浦松先生の足跡を追っていただけませんか」

「なぜだ？」

「いえ、先生のお体が気になりまして。もし、どこかの宿で寝込んでいたら、またこの先でも同じことがあるんじゃないかと心配になりましてね」

「………」

津野からすぐに返事がなかった。

「もしもし」

京介は呼びかけた。

「鶴見くん」

津野が改まった。

「はい」

「何か他に狙いがあるな」

「いえ。ほんとうに先生のことが心配で」

津野に自分の疑念を言うのがためらわれた。柏田が疑問を呈したように、遍路を殺人のアリバイに利用するような罰当たりはしまい。十善戒の誓いを立てているのだ。その中には、殺さないという文言が入っている。

だから、河原殺しの犯人は浦松ではない。ただ、その確認をとって安心したいのだ。

「まあいい」

津野は苦笑しながら、

「じつを言うと、俺も気になっていたんだ。明日にでも浦松先生の足跡を辿り、現在先生がどの辺りにいるか調べてみる」

「すみません。お願いします」

電話を切ったあと、なぜかぐったりしていた。


五月十四日。初夏の陽射しを浴びながら、京介は京成線の千住大橋駅を出て小学校の脇を通り、河原真一がやっている定食屋に向かった。

公園の木々の緑は艶を増している。

真一の定食屋に入る。電話をして約束をとりつけていたので真一は待っていた。今は午後の休憩時間である。

「すみません、お時間をとっていただいて」

京介が頭を下げると、

「おふくろは家内と出かけてますから」

と、真一は言った。

誰にも聞かれる心配はないと言っているのだ。

「わかりました」

椅子に座ってから、

「真二さんと最後に会ったのはいつでしたか」

と、きいた。

前回、裁判が終わったあとは一度も会っていないと言っていたが、改めてきいた。

「五年前に裁判で判決が出たあとです」

「その後は一度も？」

「ええ、寄りつきませんでした」

そう答えたあと、真一は不審そうに、

「すみません、用件は？」

「じつは、五年前と半年前の女性の変死事件で、共に河原真二さんが大きく関わっている可能性が高くなりました。そのことをお知らせに」

「真二が殺したというのですね」

「はい」

「五年前は無罪になっていますね。あらたに証拠が見つかったのですか」

真一がきいた。

「証拠は芝居の小道具に使われる模造品の五十万です。それを見せ金として立川まゆさんに渡したとき、風邪気味の彼女にあとで飲むようにと青酸カリ入りの葛根湯を渡したようです……」

　裁判で争点になった十分間のからくりを説明した。

「やはり、真二の仕業でしたか」

　真一は怒りに満ちた顔をした。

「それから半年前の大峰加奈さんの場合はベッド写真です。それを餌に加奈さんをマンションに呼び出して非常階段の踊り場から突き落としたと考えられます」

「………」

　真一から吐息が漏れただけだ。

「立川まゆさんを殺した件は一事不再理で、無罪が確定した真二さんを裁くことは出来ません。もっとも本人は亡くなっていますが、大峰加奈さんの場合は再捜査の可能性はあります」

「真二を殺した犯人はわかったのですか」

「まだ、わかりません」

「私が独身で、母もいない気楽な身だったら、私が真二を殺していたと思います」

　本心だと、京介は思った。

芝居ではない。やはり、真一はシロだと思った。

「今後、大峰和人の裁判で、真二さんの罪を暴くことになるかと思います。あなたやご家族にはお辛いでしょうが」

「仕方ありません」

真一はやりきれないという表情で、

「でも、これで気持ちの整理がつきそうです。私たちは真二がほんとうに無実だとは思っていませんでしたから」

「では、私はこれで」

京介は立ち上がった。

「真二を殺した犯人が見つかったら、兄が感謝していたとお伝えください。ほんとうは家族の責任として私が始末しなければならなかったのにと」

真一は嗚咽《おえつ》を堪えている。

真一の複雑な心境が痛いほどわかった。真一はなんだかんだといいながらも、真二のことを家族と思っていたのだ。

京介は挨拶をし、扉を開けて外に出た。眩《まばゆ》い陽光が顔を直撃し、思わず手をかざした。

少し風が強いが、爽やかな青空が広がっている。地上に出た京介は、前回待ち合わせた大手町のホテルに向かった。

ロビーに入ると、柱の横に中肉中背の中山祐司が待っていた。

「お待たせしてしまいました」

京介は声をかける。

「いえ、私が早く来てしまったのです」

中山は気が急《せ》いたように、

「加奈さんが河原のマンションに行った理由がわかったそうですね」

電話でそのことを告げていたので、早くその理由が知りたいのだろう。

喫茶室を見回したが、客が多い。他人の耳に入る心配もあり、京介は外に誘った。

日比谷通りを渡り、お濠《ほり》のそばに立つ。皇居へ向かうひとも多い。

「加奈さんは、河原からある物を取り返すためにマンションに行ったのです」

「それは何ですか」

「あなたには言いにくいのですが、ある写真です」

「写真?」

中山は思いつかないようだ。

「ベッドでの写真です」

「………」

中山は大きくため息をついた。どういう写真か、理解したようだ。

「加奈さんはあなたとのために、河原と関わりのあるものはすべて処分しようとしたのです。ただ、写真だけは河原が持っていた。河原はそれを利用して加奈さんをマンションに誘き出したのです」

「最初から殺すつもりだったんですね」

「ええ、まだ金を搾り取れるとも踏んでいたかもしれませんが、河原は自分から去っていこうとする女が許せなかったのでしょう。あまりにも身勝手な理由だと思います」

京介は感情を抑えて続けた。

「自殺に見せかけて殺す計画で、付き合っていた別の女性を部屋に呼んでいました。今回、その女性から話を聞くことが出来て、写真のこともわかったのです」

「そうでしたか。なんという卑劣な男なんだ」

中山は吐き捨て、

「加奈さんが転落死したあと、私も警察から事情をきかれました。だから、加奈さんに死ぬ理由はないと訴えたのですが、警察は河原の言い分をそのまま信じてしまったんです」

「警察から事情をきかれていたのですか」

「ええ。でも、最初から三角関係を悩んだ末の自殺という先入観で見ていました。もっと強く殺された可能性を訴えればよかったと、今から思えば後悔しています」

「あなたは、河原を殺したいと思ったことはないんですか」

京介は探りを入れてみた。

「思いました。でも、やっぱり、彼女が河原のマンションに行ったことが引っ掛かっていたんです。まだ、河原に未練があったのかと。そう思ったら、気持ちが萎えてしまいました」

「そうですか」

「もし、写真の件を知っていたら、どうなっていたかわかりません。だから、ある意味、よかったんです」

「よかったというのは？」

「加奈さんはまだ河原に未練があったのだと思っていたから、早く彼女のことを過去のものにすることが出来たんです」

「忘れることが出来たと？」

「はい。じつは今付き合っている女性がいます。そろそろ一カ月になりますが、加奈さんのことを引きずらずに」

「そうですか。それはよかったですね」

「ええ」

照れたような中山の顔を見て、彼は河原殺しに関わっていないと、京介は確信した。これで、河原を殺す可能性がある人物への疑いはすべて消えたと思った瞬間、浦松の姿が脳裏を掠め、京介は思わず狼狽《ろうばい》した。

4

十五日の朝、事務所に着いたと同時に、携帯に津野から連絡が入った。

京介は急いで出た。

「どうでしたか」

京介は恐る恐るきく。

「うむ」

津野は困惑したような返事をし、

「じつはわからないんだ」

「わからない？」

「浦松さんは十八日に十三番札所の大日寺に近い旅館に泊まり、十九日の夜は十八番札所の恩山寺《おんざんじ》に近い南小松島《みなみこまつしま》駅そばにある旅館に泊まっている。ところが二十日、二十一日の二日間、遍路のコースにある宿に泊まっていない」

「…………」

「それで二十二日にやっと、十九番札所近くの宿に泊まっていた」

「どこかの宿で体調を崩して寝込んでいたとか」

京介は淡い期待を抱いてきいた。

「いや、ない」

津野は否定してから、

「念のために、付近の病院を当たってみた。入院した患者はいない。個人の家の世話になったかもしれないが」

「個人の家の可能性もあるのですね」

「土地のひとは遍路さんには親切だからね。そういうことも考えられなくはないが……」

津野は否定的だった。

京介は激しくなった動悸を静めるように、何度か深呼吸をした。

「鶴見くん。君は何か知っているな。浦松さんに何があったのだ？」

「津野さん。もしかしたら、浦松先生はその二日間、東京にいたのではないかと……」

「東京だと？」

「その辺りから近い空港だと、どこになりますか」

「徳島空港か、あるいは高松空港か。しかし、今から調べるのは難しい。本名で乗っているかわからんし」

「そうですね」

「いったい何があったんだ？」

焦《じ》れたように津野がきいた。

「二十日の夜、東京の四谷三丁目で河原真二という男が殺されたのです。五年前に殺人事件の裁判で、浦松先生が無罪にした男です。ところが、河原は、実際に殺人を犯していたのです」

「………」

「その後、河原はその件で逆に先生を脅迫していたようなんです。いかに殺人犯が無実になったか。そんなことを世間に発表すると脅し、先生から金を出させていたようなのです。そんな中、また河原は殺人を犯しました」

「君は先生が河原を殺したと思っているのか」

津野が怒ったようにきいた。

「残念ながら、そうとしか思えないのです」

「ばかな」

津野の声に力がこもっていなかった。

「私も信じたくありません」

「先生は遍路に出るに当たり、一番札所の住職から授戒を受け、お大師さま十善戒の誓いを立てているのだ。その誓いを破って、何食わぬ顔で遍路の旅を続ける。浦松先生はそんな方ではない」

「私もそう思います。だから、私の考えを打ち消す材料が欲しいんです」

「仮に、四月二十日に徳島空港から東京行きの便に乗ったとしても、それが即殺人の証拠にはならない。何か別の用事があったのかもしれない」

「でも、その日に先生と因縁のある男が殺されているんです」

「…………」

「偽名を使っていれば、飛行機の搭乗者名簿を探しても無駄です。それより、浦松先生は空港まで行くとすればどうやって行ったのでしょうか」

「タクシーか」

「はい」

「わかった。タクシー会社を当たってみる。こんな気の重い調べははじめてだ」

津野はやりきれないように言った。

「すみません。お願いします」

電話を切ってから、京介は四谷中央署の今川巡査部長に電話をし、事務所を出た。

一時間後、京介は四谷中央署の刑事課を訪ねた。壁際の衝立で仕切られた一角に、低いテーブルをはさんで今川と向かい合った。

「まだ、何かお調べですか」

今川が冷めた声できいた。

「事件当夜、現場周辺の防犯カメラを調べたのでしたね」

「調べました。確かに、大峰和人の姿は映っていませんでした。四谷駅や地下鉄の駅などの周辺のカメラにも。でも、防犯カメラを意識して行動すればカメラに映らず移動は可能です」

「その映像を見ることは出来ませんか」

「映像を?」

今川は不審げな顔をした。

「なぜ、ですか」

「ある人物が映っていないかを確かめたいのです」

「誰ですか、それは?」

「いえ、ちょっと」

「残念ながら、その映像はないと思います。大峰和人の姿が映っていないのですから、証拠にはなりませんので」

「駅に行けば？」

「さあ、どうでしょうか。いったい誰を探しているのですか」

まだ口に出来ないと思い、名前は伏せた。

「六十半ば過ぎの男性です」

「その男性が何か」

今川は興味なさそうだ。

「大峰和人がそれらしき男を見かけたと言っていましたので、それがほんとうか確かめておこうと思いまして」

「ちょっと待ってくださいよ」

今川は思い出したように、

「そういえば聞き込みのとき、事件の夜、マンション付近でグレイの上着をきた年輩者がうろついているのを見たという住人の証言がありましたね。そのひとが見かけたのはその年輩者かもしれませんね」

なにしろ、大峰が自白をしているので、今川の態度にとげとげしさはなかった。

「その住人はなんという方か教えていただけませんか」

「なぜ、気にするんです？」

今川は警戒気味にきいた。

「そのひとがその年輩者を見かけたときの様子を知りたいんです」

「弁護に必要なんですか」

「いえ、そうじゃありませんが、いろいろはっきりさせておきたいと思いまして」

「そうですか。ちょっと待っててください」

今川は手帳を取りだし、ページをめくった。

「二〇三号室の玉木妙子《たまきたえこ》さんですね。主婦の方です」

「わかりました。ありがとうございました」

「行くんですか」

「ええ」

「大峰和人はすでに自白をしているんです。今さら何を探ろうとしているんですか」

「ただ大峰の行動をはっきりさせたいだけです」

京介は礼を言って立ち上がり、今川に見送られて刑事課をあとにした。

四谷三丁目のブルークラウン四谷マンションの玄関入口で、二〇三号室の番号を押す。

しばらくして応答があった。

「私は弁護士の鶴見と申します。玉木妙子さんでいらっしゃいますか」

「そうですが」

「河原さんの事件のことで、少しお訊ねしたいことがありまして」

「どんなことでしょうか」

玉木妙子は警戒したようだ。

「事件の夜、マンション付近でグレイの上着をきた年輩者がうろついているのを見たということをお聞きし、そのことで」

「どうぞ、お入りください」

京介はエントランスに入った。正面にエレベーターが二基停まっている。京介はすぐ乗り込んで二階に上がった。

二〇三号室のインターホンを押す。すぐにドアが開いた。四十ぐらいの女性が立っていた。

「弁護士の鶴見と申します。河原真二さんを殺害したとして捕まった大峰和人の弁護人をしています」

京介は玄関を入り、三和土に立ったまま名刺を渡してから切り出した。

「あなたが見かけた年輩者はどんな感じだったか、覚えていらっしゃいますか」

「ええ」

「どんな感じでしたか」

「顔に皺が多く、頬はこけていました。浅黒い肌でした」

「年齢は？」

「見かけは七十近い感じでしたが、もう少し若いのかもしれません」

浦松に特徴が似ている。

「見かけたのは事件の夜ですね」

「そうです」

「そのひとはマンションに入ろうとはしなかったんですね」

「ええ、ちょっと見たときは浦松弁護士かと思ったんですが、マンションに入ろうとしなかったので別人だと」

「ちょっと待ってください。どうして、浦松弁護士をご存じなのですか」

京介は胸が騒いだ。

「一年ぐらい前まで、ときどき河原さんの部屋に訪ねてきていました。それで何度か玄関で見かけたことがあるんです。五年前に河原さんを無罪にした弁護士さんだというのは知ってましたから」

「そのひとは浦松弁護士に似ていたのですか」

「ええ、ちょっと似ているようでした」

「最初は浦松弁護士だと思ったのですね」

「ええ。でも、すぐそんなはずはないと思いました」

「では、警察には年輩者を見たと話しただけで、浦松弁護士に似ていたということまでは話していないのですね」

「はい」

「そうですか。わかりました。いきなり、お訪ねして申し訳ありませんでした」

「あの」

玉木妙子が呼び止めた。

「大峰和人というひとがほんとうに河原さんを殺したのですか」

「いえ、まだわかりません」

もっと話をききたい様子だったが、京介は礼を言って廊下に出た。のぼせたように顔が火照《ほて》ってきた。玉木妙子が見たのは浦松だ。やはり、浦松はこのマンションに来ていたのだ。

事務所に戻って、他の業務を片づけ終えたのは五時過ぎだった。

京介は津野に電話をした。

「俺も電話をしようと思っていたのだ」

津野が言う。

「浦松先生は十九日の夜に南小松島駅近くの旅館に泊まったと言ったな。二十日の午前に、南小松島の駅前から空港まで客を乗せたタクシーが見つかった。客はグレイの上着を着た七十近い男だったそうだ」

「そうですか。私のほうもわかりました。浦松先生は現場のマンションに現われていました。グレイの上着だったそうです」

玉木妙子の話を伝えた。

「やはり、浦松先生が河原真二を殺害したのか」

津野は上擦った声を出した。

「間違いありません」

「信じられない」

津野は憤然とし、

「殺しもそうだが、遍路をアリバイに利用するなんて」

と、吐き捨てた。

「先生は八十八カ所霊場を何のためにまわっているのでしょうか」

「罪が許されると思っているのではないか」

「そんなことを思っているのでしょうか。もし、十善戒の誓いを破ったらどうなるのでしょうか」

「弘法大師を裏切ったことになる。弘法大師の弟子は破門だ」

「このまま遍路を続け、八十八カ所をまわっても何の功徳にもならないはずですね」

「もちろんだ」

「当然、浦松先生もわかっているんでしょうね」

「当然、わかっているはずだ」

「それなのに、なぜ、遍路を」

「………」

「まさか」

京介ははっとした。

「まさか、先生は八十八カ所をまわったあとで、死ぬつもりでは……」

「ばかな」

津野は声を荒らげ、

「八十八番札所は大窪寺だ。結願の寺で死ぬなんてとんでもない。弘法大師に対する最大の裏切りだ」

「寺を出てからどこかの山奥で死を……」

「六十六番札所の雲辺寺《うんぺんじ》から香川県に入るのだ。自殺にふさわしい場所があるとは思えない。それに浦松先生が死のうとするなんて」

「確か、奥さまがお亡くなりになったのは五月……」

京介ははっとして、

「浦松先生は奥さまの命日に死を選ぶんじゃないでしょうか」

「命日はいつだ？」

「確か、五月十七日だと思います」

「きょうは十五日だ。あと二日だ」

「二日後に着く札所の近くに自殺に適した場所はありませんか。あっ、足摺岬《あしずりみさき》に札所がありましたね」

京介は思いついて口にした。

「ある。三十八番札所の金剛福寺《こんごうふくじ》だ」

「そこが浦松先生のゴールですよ。その近くにある足摺岬は一時、自殺が多いことで有名になったことがあるではありませんか」

「うむ。金剛福寺は補陀洛渡海《ふだらくとかい》のお寺だ」

「補陀洛……」

「遍路の本によれば、補陀洛はインドの南海岸にある観音さまがすむと言われる山だ。昔から補陀洛山《ふだらくせん》を目指して僧侶たちは船で出発したそうだ。もちろん、生きては帰れないはずだ」

「そうですか」

間違いない。

「先生はそこでひとりで死んで行くつもりなのに違いありません。ひとを殺してのうのうと生きていく方ではありません。奥さまの命日に合わせ、三十八番札所に着くように行動しているのではないでしょうか」

「そうだとしたら、明日にも三十八番札所に着くのではないか」

「明日、そっちに行きます」

ちょうど土曜日だ。

「わかった。空港まで迎えに行く」

「お願いいたします」

京介は電話を切って窓辺に立った。

大峰和人の無実を晴らすためには、浦松を犯人として告発しなければならない。それ以上に、浦松を死なせてはならないのだ。京介は焦燥感に襲われた。

5

小雨の降りしきる国道56号線の歩道を金剛杖をつきゆっくりと歩いていく遍路がいた。

のだろう。

菅笠から雨の滴が垂れて、白衣はずいぶん濡《ぬ》れていた。雨の中を長い時間を歩いている

「先生です」

京介は感慨を込めて言った。

浦松は何かにとりつかれたように一心不乱に歩いている。雨に打たれているせいか、その姿は寂しく悲しげだ。死に向かっての旅だと思うと、京介の胸が張り裂けそうになった。

今朝羽田を発ち、高知空港に下り立った。津野が車で迎えに来てくれたのだ。

東京は晴れていたが、高知は雨だった。

三十七番札所から三十八番札所の金剛福寺まで徒歩で二十六時間かかるという。三十七番札所を参拝したのは数日前だろう。その間、ひたすら歩き続けるだけだ。

浦松が目指している三十八番札所の金剛福寺は足摺岬にある。そこまで行かせてはならない。そこには浦松を死神が待っているのだ。

車は浦松を追い越した。

京介は振り向く。浦松はもくもくと歩いている。

「どうしましょうか」

「どこか雨宿りをするか、トイレ休憩をしたときにでも声をかけよう」

「はい」

浦松はコンビニに寄った。

「よし。ここでだ」

駐車場に車を停め、京介と津野は傘を差してコンビニの前に行った。

そこで浦松を待った。

十分後、浦松がコンビニから出てきた。雨はさっきより強くなったようだ。

京介は津野と目配せをし、浦松の前に出た。

浦松は歩みを止めた。そして、笠をかぶった顔を上げた。微かに目が見開かれた。

「先生、お待ちしていました」

京介は強張った声で口を開いた。

「君たちは私を追ってきたのか」

浦松の声は非難するように震えを帯びている。

「先生、風邪を引かれます。どこかで休みませんか」

「いや、先を急ぐ」

浦松は振り切って行こうとした。

「先生、お待ちください」

津野が呼び止め、

「次の札所までまだかなりあります。乗っていきませんか」

「いや、いい」

京介はきいた。

「先生は八十八番札所まで行かれるつもりですか」

「なぜ、そんなことをきく？」

「先生のゴールは次の三十八番札所ではないかと」

「………」

浦松は顔色を変えた。

「先生、三十八番札所には行かせたくありません。出来ることなら、私といっしょに東京に帰っていただけませんか」

「私に遍路をやめろと言うのか」

浦松は憤然と言う。

「はい」

「なぜだ、君たちにそんな権限があるのか」

「先生は弘法大師との十善戒の誓いを破られました。もはや、弘法大師の弟子ではありません。遍路を続ける資格はないのです」

「………」

浦松は押し黙った。雨は激しく浦松の笠を打ちつけ、白衣もびしょ濡れだ。

「君たちは」

やっと口を開いた。が、次に出た言葉は期待したものではなかった。

「君たちの話は三十八番札所の金剛福寺を参拝したあとに聞く。それまで自由にさせてもらいたい」

「さっきも申したように、三十八番札所には行かせたくありません」

「なぜだ？」

「明日は奥さまの命日ですね」

浦松は眉根を寄せた。

「先生は足摺岬から奥さまのあとを追うつもりではないのですか」

「………」

「やはり、君たちは、すべてを知ったのだな」

浦松はため息混じりに言った。

「河原真二を殺害した疑いで、大峰和人という男が起訴されています。ぜひ、お話をお聞かせください」

京介は頼む。

「先生、車に」

津野が誘った。

「わかった」

浦松は素直に津野の車に向かった。

京介は後部座席に浦松といっしょに並んだ。

「体が冷えていませんか」

京介は気を遣った。

「だいじょうぶだ」

思ったより、浦松は淡々としていた。

「先生は五年前の裁判で河原真二を無罪にしました。ところが、立川まゆを殺したのは河原だったのです」

「どうしてそう思うのだ?」

「河原は事件の直前、同じ劇団にいた富島哲太から、小道具に使う模造品の五十万を借りています。その模造品は事件後に富島へ返されました。その模造品から立川まゆの指紋が検出されました」

京介は横にいる浦松に話した。

「その模造品を立川まゆに見せたのです。河原はそれを見せ金にして立川まゆを油断させたのでしょう」

犯行に至る河原の行動を説明し、

「先生は、いつ河原に疑問を抱いたのですか」

と、京介は問い詰めるようにきいた。

「…………」

「先生。二十日の午前に、徳島県の十八番札所の恩山寺に近い南小松島駅前から空港まで先生らしい男性を乗せたタクシーが見つかっています。グレイの上着を着ていたそうです。その日の夜、河原のマンションの住人が先生に似た男性を目撃していました」

なおも続けようとすると、突然、浦松が口を開いた。

「河原は裁判の後、だんだん本性を現わしてきた。世話をした就職先でもお金や女のことでトラブルを起こし、叱ったことがあった。そのときは殊勝に頭を下げるが、だんだん態度は変わってきた。あるとき、金を貸してくれと言ってきた。断ったら、裁判の真相を本にすると言い出したんだ」

浦松は少し興奮している。

「どういうことかときいたら、立川まゆは自殺ではなく、俺が殺したと言い出した。最初は脅しかと思っていたら、借りた金を返すと言って安心させて、青酸カリ入りの葛根湯を渡したと……」

浦松は間を置き、

「河原の言葉を受けて、裁判資料を読み返してみた。すると、河原の計画的な犯行がまざまざと浮かび上がってきた。このことを世間が知ったら、先生の弁護士としての名声もまた高まると笑っていた。先生はどんな犯罪者でも無罪にもっていく。今まで勝ち取った無罪判決の中にはかなり怪しい判決があるということになったらどうなるでしょうねと」

「…………」

「私が裁判で無罪にした人たちにまで疑いの目を向けられるようになることは、耐えられなかった。だから、河原の言いなりに金を渡した。私は河原のような男を助け出してしまったことを後悔した。奴は、またひとを殺したら助けてくださいと、いけしゃあしゃあと口にした。いつか、また河原はほんとうにひとを殺すかもしれない。私にとってのたうちまわりたいほどの苦痛だった。河原の脅迫も続いた。そんな中で家内が亡くなった。そして、その半年後、河原は女性を殺した。大峰加奈さんだ。河原は私にこう言った。私には先生がついているから警察は怖くないと」

激しい雨にフロントガラスでワイパーが忙《せわ》しく動いている。雨滴で窓の外の風景は見えなかった。車がどこを走っているかわからない。ときおり、海が見えた。

「そのときには私は弁護士を続けていく気力を失っていた。とんでもない怪物を社会に放してしまったと自分を責めた。こうなったら、怪物をこの手で始末するしかないと思った」

浦松は話し終えると拳を握りしめて俯いた。

痛ましい。

「マンションの脇の非常階段の傍《そば》にどうやって河原を誘き出したのですか」

と、京介は口をはさんだ。

「二十日の午後九時に、マンションの非常階段の下で要求されていた百万円を渡すと、遍路に出発する前に約束した。二十一日に、河原は誰かに金を返さなければならなかったようだ。だから、絶対に約束を守れと河原のほうから強く言ってきた」

「なぜ、遍路をアリバイに利用したのですか」

ハンドルを握っていた津野が、バックミラーに映る浦松にきいた。

「年を取ったらふたりで遍路の旅に出ようと、家内と約束をしていたのだ」

「河原を殺したあとに遍路に出ようとは思われなかったのですか」

津野はなおも追及する。

「…………」

「どうなんですか」

京介も問い詰める。

「私が河原を殺したことは永遠に隠しておきたかった。そうでなければ、五年前の裁判が問題になってしまう。五年前の裁判の無罪判決に疑問が持たれてはならないのだ。これまで私が無罪にしたひとたちが、完全無罪から灰色無罪になってしまう。世間からの偏見の目に晒《さら》されないためにも、五年前の裁判は正しかったままにしなければならなかった。アリバイを作っておきたかったのだ」

浦松は続ける。

「あと、遍路の旅に出るには十善戒の誓いを立てなければならない。殺したあとでは、十善戒を誓うことは出来ないからね」

「授戒を受けるとき、先生は殺意を抱いていたんです。それだけでも誓いは出来ないんじゃないですか」

「…………」

「先生は十善戒の誓いをしていないんです。八十八番札所をすべてまわる気はなかったのです。先生のゴールはやはり次の三十八番札所の金剛福寺なんです。そして、その近くにある足摺岬ではありませんか」

「今、どこを走っているんだね」

浦松が京介の声を遮るように窓の外を見た。

「足摺半島です」

津野が答える。

「足摺半島」

「はい。直に金剛福寺に着きます」

「……………」

「参拝なさいますか。でも、この雨では外に出るのもたいへんです。おまけに風も強いようです」

京介も窓ガラスに額を付けて外を見る。雨に煙っているが、荒れた海が目に飛びこんできた。

しばらく無言のまま、車は走り続け、やがて津野は車を路肩に寄せて停めた。

「あそこに白亜の灯台が見えるはずなんですが」

津野が言う。

「ここは？」

浦松がきいた。

「足摺岬です、右手のほうに金剛福寺があります」

津野は続けて、

「先生は金剛福寺が補陀洛渡海のお寺だということをご存じなのですね」

「この雨で海もよく見えない」

「もう先生は補陀洛に旅立つことは出来ません」

京介ははっきりと言った。

浦松は首から下げている山谷袋《さんやぶくろ》という、納経帳や経本などを納める袋に手を突っ込んだ。そして、袱紗《ふくさ》で丁寧に包まれたものを取りだした。

袱紗の中から位牌が出てきた。その位牌をフロントガラスのほうに向けた。妻の位牌だろう。

妻に補陀洛のほうを見せたのだ。

「この遍路の最中、遍路宿で休んだ私の夢に何度も弘法大師が現われた」

いきなり、浦松が口を開いた。

「河原真二を無罪にしたために大峰加奈さんが命を奪われた。これからもさらに犠牲者が出るかもしれない。私は、このような怪物を野に放した責任をとらねばならないと思ったのだ。そして、かつて私が無罪を勝ち取ったひとたちの名誉を守りたかった。だから、河原を殺した」

京介は黙って聞いていた。

「河原を殺したあと、再び四国に戻り、遍路を続けた。君たちが言うように、足摺岬から身を投げるつもりだった。家内を失った寂しさから死を選んだと見なされるような遺書も書いた。だが、遍路を続けながら、これまでの無罪を勝ち取った裁判を振り返ってみた。ほんとうはクロだったのではないかという見方もしてみた。だが、私の弁護に間違いなかったと確信した。過《あやま》ったのは河原の裁判だけだ。そう思ったとき、私はもっと大きな過ちを犯したことに気づいた。河原を殺すべきではなかったと」

浦松は息をつぎ、

「河原を法の手に委ねるべきだった。なんだかんだと河原を殺す理由を並べたが、私はどこかで無実の神様と呼ばれた弁護士としての名声を守ろうとしていたのかもしれない。遍路を続けるうちに、そんな名声などちっぽけなことだと思うようになった。何があっても、ひとを殺してはならなかったのだ。それに、私はさらに大きな罪を重ねてしまった。身代わりに捕まった大峰和人さんのことだ……」

間を置き、浦松ははっきりと言った。

「これから東京に帰って、警察に出頭する。これが私にとっての結願になる」

「先生」

京介は声をかけた。

「君たちに感謝する。ひとの道に外れた大きな罪を抱えたまま死んでいくところだった。君たちが救ってくれたのだ」

浦松は妻の位牌に、いっしょに東京に帰ろうと囁いていた。

数日後、京介は拘置所に大峰和人を訪ねた。

接見室で向かい合うなり、京介は切り出した。

「河原を殺した犯人が自首してきました。あなたは無実なのですから、ここから出られます」

「自首？　犯人は誰なのですか」

「五年前の裁判で、河原真二を無罪にした浦松弁護士です」

「ほんとうですか。でも、なぜ」

「裁判のあと、浦松弁護士も河原の仕業だと気づいたそうです。加奈さんの件もあり、このままではまた新たに犠牲者が出るかもしれない。そこで、殺人犯を無罪にしてしまった自責の念に駆られての犯行のようです」

「信じられません」

大峰はしばらく沈黙したあと、

「でも、どうして今になって自首を？」

と、きいた。

「浦松弁護士は四国の遍路の旅に出ていました。八十八カ所霊場巡りを終えたあとに自首するつもりだったのでしょう。でも、あなたが身代わりになっていることを知って、遍路の旅を中断したんです」

「ほんとうに、浦松先生に間違いないのですか」

「ええ、持ち物の中に凶器の刃物が入っていました。付着した血痕を調べています。DNA鑑定をしていますが、間違いないでしょう」

「そうですか」

「これであなたの公訴は棄却されます」

「先生、私は裁判で、河原のやったことを訴えたいのです」

「それは、浦松先生がやってくれます」

「ほんとうですか」

「ええ、私が浦松先生の弁護人をやることになりましたから。その点は心配ありません」

「そうですか」

はじめて、大峰は大きくため息をついた。

「ところであなたは浦松先生と面識があるのですか」

「一度だけ、河原のマンションの近くで会いました。だから、ついカッとなって、あなたが河原を無罪にしなければ、妹は死なずに済んだのだと文句を言ってしまったのです」

「河原が殺される前ですね」

「そうです」

浦松が河原に二十日の午後九時に百万円を渡す約束をしたときではないか。

「そのとき……」

大峰がためらいがちに、

「浦松先生がこんなことを言ったんです。もし、困ることがあったら、鶴見京介という弁護士を頼るといいって。妹の死に納得いかないのなら鶴見先生に相談しろという意味かと思いました」

「…………」

「ただ、そのあとで私から聞いたとは言わないようにと。私の推薦だと言うと本人もやりづらいと思うからとおっしゃっていたんです」

「そういうことでしたか」

大峰がなぜ、京介に弁護の依頼をしてきたのか、その理由がまさか浦松にあったとは思いもしなかった。

接見を終え、拘置所をあとにしながら、自問をつづける。なぜ、浦松は大峰にあのようなことを言ったのだろうか。

浦松は事件を秘匿したまま足摺岬から身を投じるつもりだったのだ。大峰和人を身代わりにしたままでだ。

そのことで心が痛まなかったのかと京介は思っていたが、あとは京介がうまくやってくれる、大峰の無罪を証明してくれる。そう信じていたから、心配することなく死出の旅に出られたのだ。

そこまで浦松は自分を買ってくれていたのだ。京介は胸が熱くなった。

これから依頼人と弁護人という形で浦松とはしばらくの間、つきあっていく。浦松のために、精一杯の情状酌量の弁護をしようと思った。

解　説

小梛治宣

シリーズ作品は巻数が重なってくると、その主人公が読者にとって、あたかも実在する知人ないしは親族のような存在になってくる場合がある。映画でいえば、寅《とら》さんシリーズがまさにその典型であろう。そこにシリーズものを読む楽しみの一つがあるといえるのだが、必ずしもシリーズもののすべてがそうであるわけではない。むしろ、心が通い合えるようなシリーズキャラクターに出会える機会は、そう多くはないのかもしれない。

本作で十一作目となる〈鶴見弁護士シリーズ〉は、その「そう多くはない」ものの一つである、と私は常々思っているのだが、どうであろうか。鶴見京介も、シリーズ当初は外見が若いせいもあり頼りなげだったが、このごろは、数々の冤罪《えんざい》事件を解決してきたこともあって、風格すら感じられるようになってきた。とはいえ、女性との付き合いの方は、なかなか進展しそうにない。事務所の同僚弁護士だった牧原蘭子とは何度かデートを重ね恋人として意識し始めた矢先、突然ニューヨークへ去られてしまっていた。

未だにその心の傷が癒されておらず、何かの折に彼女の面影がふと浮かんだりしているようなのである。メインのストーリーとは別に、そこがまた読者には気になるところで、主人公と心が通い合える源泉にもなっているのであろう。

さて、本作だが、タイトルの「結願」という言葉は、一般の人には馴染《なじ》みが薄いのではないだろうか。これは仏教用語で、『広辞苑』によると〈日を定めて催した法会・修法の終了すること〉を意味し、「けちがん」と発音する。お遍路の場合には、四国八十八カ所の札所をすべて巡拝し終え、最後の札所を打つことである。「満願」ともいう。本来は、そこから和歌山県の高野山《こうやさん》奥の院へ詣でる。本書のタイトルも、この巡礼で使われる「結願」のことなのである。

というわけで、四国八十八カ所の一番札所である徳島県鳴門市にある霊山寺《りようぜんじ》で、鶴見京介が真言を唱えるシーンから本書は幕を上げることになる。司法研修所の同期で、現在は高松で弁護士活動をしている津野達夫が、芝居好きの京介のためにこんぴら歌舞伎のチケットを取ってくれたのだ。芝居が始まるまで時間があるので、札所を案内してもらうことになったというわけである。

四国八十八カ所巡りは、司馬遼太郎《しばりようたろう》の『空海の風景』にも描かれている、平安時代初期の僧弘法大師空海ゆかりの札所を、「同行二人《どうぎようににん》」といわれるように弘法大師とともに歩む、巡礼の旅である。

その八十八カ所は、徳島（一～二十三番）、高知（二十四～三十九番）、愛媛（四十～六十五番）、香川（六十六～八十八番）と四国四県に及んでおり、総行程一四五〇キロ、歩いて回ると一日八時間、時速三・五～四キロで四十五～五十日間、車でも十二日間かかるという。一番から順に回っていく「順打ち」が一般的だが、八十八番から逆に巡拝する「逆打ち」は、難所が多いため、順打ちの三倍のご利益・功徳があるとされているようだ。

遍路の歴史は古いが、江戸時代に入ると『四国遍路道指南《みちしるべ》』（一六八七年）なるガイドブック（著者は真念《しんねん》）が出版され、その中に初めて八十八の番号と札所が掲載され、その後この本は一五〇年にわたって愛読されるロングセラーとなった。これを機に、遍路が庶民の間でブームとなっていき、今に続いているのである。

さて、一番札所の霊山寺から二番札所の極楽寺へと移動してきた京介は、そこで遍路装束に身を固め、金剛杖《こんごうづえ》を手にした意外な人物を目にした。まさかと思いながらも、その顔をよく見てみると、浦松卓治弁護士に違いない。「無罪の神様」と呼ばれ、これまでに大きな冤罪事件をことごとく解決させてきた人物だ。ところが、半年前に突然弁護士を廃業し、姿を消してしまっていた。まだ六十半ばで、現役を引退するには早い。その浦松がなぜここにいるのか？

京介は思い切って浦松に声を掛けた。すると――。妻を亡くした浦松は気力をなくし、以前のように仕事に打ち込むことができなくなってしまった。そこで、妻が来たがっていた遍路に出たのだと、淡々と語った。浦松は順打ちで八十八カ所を歩き通すという。四国から帰った京介を待っていたのは、殺人事件の被疑者が弁護を希望しているという現実であった。被疑者は大峰和人、三十六歳。建設会社の営業マンだが、京介には面識はない。

大峰の容疑は、河原真二という三十二歳の男を刃物で刺して殺したというものだ。だが、本人は容疑を否認していた。大峰には加奈という妹がいた。両親がすでに亡くなっている大峰にとっては唯一の身内だ。ところが、その妹が半年前に亡くなってしまう。その死は自殺として処理されたが、大峰はそれに納得してはいなかった。大峰が殺したとされている河原真二に妹は殺されたと思っているのだ。加奈は彼氏だった河原に暴力を受けるようになったので、縁を切りたがっていた。新しい恋人も出来た妹が自殺するはずがない、と大峰は確信していたのだが、警察には、そのことが河原殺害の動機と受け取られた。妹の復讐《ふくしゅう》である。だが、大峰和人が犯人でないとすれば、真犯人は、誰かという謎も残る。加奈の新しい恋人なのか？

そうした中、大峰の主張していたアリバイが嘘《うそ》だと判明した。どうも彼は、誰かに迷惑がかかるのを恐れて、本当のアリバイを隠している——と京介には思える。

河原は加奈から金を絞り取り、それが不可能になると暴力をふるっていたらしいのだが、それと同じようなことを過去にもくり返しており、五年前には河原自身が殺人容疑で逮捕されていた。ところが、裁判では無罪となっていた。その時の状況が、今回の事件と類似しているのだ。河原が付き合っていた立川まゆという女性が青酸カリ中毒で死亡したが、最終的に自殺ということになった。限りなく有罪に近い河原に無罪を勝ち取らせたのが、京介が四国で出会った浦松弁護士だったのである。

京介は、この五年前の事件を洗い直してみることにした。当時の供述調書を丹念に検証したが、検察側の立証が河原を有罪とするには不十分と言わざるを得ない。だが、五年前に河原が有罪で服役していたら、大峰の妹加奈が死ぬようなことはなかったはずなのだ。

一方、取調べを受けていた大峰が京介に相談することもなく、突然自らの罪を認めて自供を始めてしまっていた。当日のアリバイが二度とも崩されたためのようだ。だが京介には誰かを庇《かば》っているとしか思えない。殺人の罪を受け入れても、守りたい相手とは誰なのか……。大峰は京介に対して、無罪を勝ち取るための弁護活動はせずに、妹が河原に殺害されたことを自分の裁判で明らかにして欲しいと頼んできた。だが、あくまでも大峰の無罪を信じている京介は、河原の犯罪事実を立証することで、大峰の気持ちを変えようとするが……。

河原は役者を目指していると言っていただけあって女性を誘惑するに足りるだけの容

姿をしており、接し方も優しかった。だが京介には河原の調べを進めていく中で、彼の真の顔がはっきり見えてきた。騙《だま》された女たちは、河原の虚像をみていたにすぎない。だがその裏にはとんでもなく醜くそして恐ろしい顔が隠されていたのだ。

京介は、河原の真の顔を暴き出すために、五年前の事件の関係者を捜し出して、直接話を聴いてみることにした。すると、警察も気付いていなかった意外な物証と証言とを手にすることができた。次は、大峰の妹加奈の事件だ。京介は、河原が加奈を殺害した証拠を捜し出せるのか。そして、河原殺しの真犯人は、いったい誰なのか……。

このあたりの、点と点を結び合わせるようにして、京介が真実を手探りしていく過程は、本書の読み所の一つでもある。死者の犯罪を暴くことで、京介は生きている被疑者を冤罪から救い出そうとする。本書の面白さの源泉はそこにあるのだが、物語が「結願」を迎えたあとには、無念さが行間から漂い出てくる。この「無念さ」が、読む者の心の鐘を打たずにはおかない。そこに小杉健治の世界の核があるのだ。歯嚙《はが》みするほどの無念さの向こう側に果して希望はあるのか。作者は、かすかな光を残してくれている。読者は、それぞれがその光を頼りに、登場人物たちの未来を想像することになる。

物語の終わったのちの世界を、読者一人一人が想像する、否、想像せずにはいられなくなる――それが小杉健治が生み出す「心あるミステリー」の世界なのである。他では得られない読後の余韻を存分に味わってもらいたいものである。そして、鶴見京介が今回の経験をスプリングボードにして、どのような成長を遂げていくのか、これも本シリーズの愛読者には愉《たの》しみの一つに違いない。一年に一冊と分ってはいても、次作が待ち遠しい限りである。

（おなぎ・はるのぶ　日本大学教授／文芸評論家）

本書は、集英社文庫のために書き下ろされた作品です。

小杉健治の本

鎮魂

隣人殺しで32歳無職の森塚が逮捕されたが犯行を否認。鶴見弁護士が森塚に接見するも、供述が二転三転。元彼女はＤＶストーカーの森塚を極端に恐れるが……。号泣ミステリー。

集英社文庫

小杉健治の本

失踪

鶴見弁護士の恩師・夏川が竹田城観光に出かけ、行方不明に。教え子たちは協力して行方を捜すが、鶴見は夏川が自ら失踪したのではないかと……。雲海に消えた男を描くミステリー。

集英社文庫

小杉健治の本

逆転

石出は殺人の罪を償い出所。だが、石出の部屋で女性が刺殺され再び逮捕される。鶴見弁護士は否認する彼の無実を信じて調査を開始。若き弁護士が真相究明に挑む！　社会派ミステリー。

集英社文庫

小杉健治の本

最期

鶴見は、ホームレス殺害容疑をかけられた岩田の弁護を引き受けた。だが、無罪を主張する岩田が身分を偽っているという疑惑が浮上。裁判員から四日市の情報を得た鶴見は……。

集英社文庫

集英社文庫

結《けち》　願《がん》

2020年 4 月25日　第 1 刷　　定価はカバーに表示してあります。

著　者　小杉健治《こすぎけんじ》
発行者　徳永　真
発行所　株式会社　集英社
東京都千代田区一ツ橋2-5-10　〒101-8050
電話　【編集部】03-3230-6095
【読者係】03-3230-6080
【販売部】03-3230-6393（書店専用）
印　刷　図書印刷株式会社
製　本　図書印刷株式会社

フォーマットデザイン　アリヤマデザインストア　　マークデザイン　居山浩二

本書の一部あるいは全部を無断で複写複製することは、法律で認められた場合を除き、著作権の侵害となります。また、業者など、読者本人以外による本書のデジタル化は、いかなる場合でも一切認められませんのでご注意下さい。

造本には十分注意しておりますが、乱丁・落丁（本のページ順序の間違いや抜け落ち）の場合はお取り替え致します。ご購入先を明記のうえ集英社読者係宛にお送り下さい。送料は小社で負担致します。但し、古書店で購入されたものについてはお取り替え出来ません。

© Kenji Kosugi 2020　Printed in Japan
ISBN978-4-08-744105-5 C0193